馔
创美工厂

诱饵搜查官 1 触觉

おんあおとり　そさかん

［日］山田正纪 著

曹逸冰 译

中国友谊出版公司

图书在版编目（CIP）数据

触觉 /（日）山田正纪著 ；曹逸冰译. -- 北京 ：
中国友谊出版公司，2016.7（2017.9重印）
（诱饵搜查官）
ISBN 978-7-5057-3564-4

Ⅰ. ①触… Ⅱ. ①山… ②曹… Ⅲ. ①推理小说－日
本－现代 Ⅳ. ①I313.45

中国版本图书馆CIP数据核字(2015)第170260号

书名 触觉
著者 [日]山田正纪
译者 曹逸冰
出版 中国友谊出版公司
发行 中国友谊出版公司
经销 新华书店
印刷 北京鹏润伟业印刷有限公司
规格 880×1230毫米 32开
9印张 180千字
版次 2016年11月第1版
印次 2017年9月第3次印刷
书号 ISBN 978-7-5057-3564-4
定价 35.00元
地址 北京市朝阳区西坝河南里17号楼
邮编 100028
电话 (010) 64668676

目录

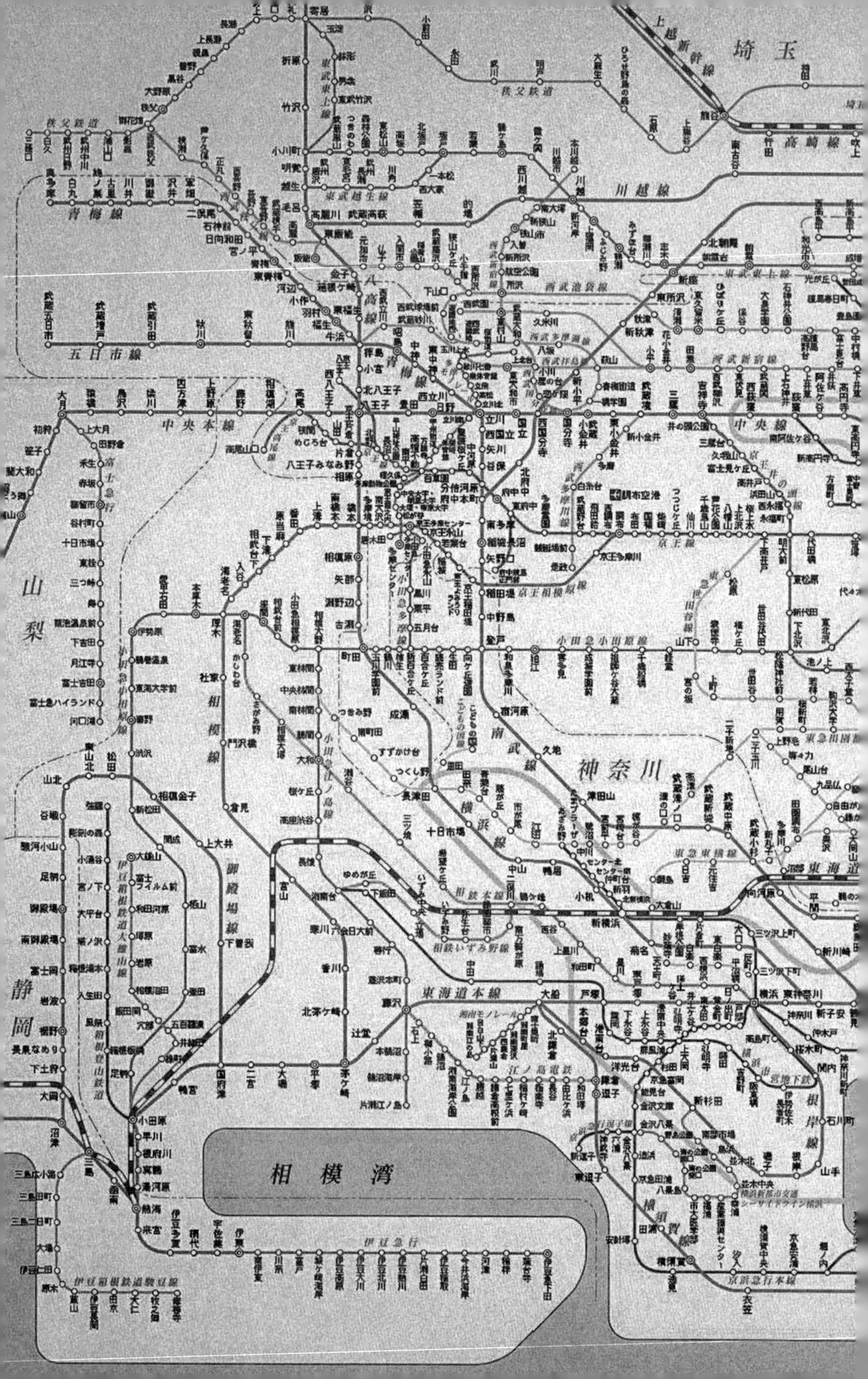

埼玉
上越新幹線
高崎線
川越線
青梅線
五日市線
中央本線
中央線
山梨
神奈川
静岡
相模湾
東海道本線
小田急小田原線
相模線
御殿場線
南武線
横浜線
京王線
西武新宿線
西武池袋線
東武東上線
秩父鉄道
伊豆急行
伊豆箱根鉄道駿豆線
江ノ島電鉄
京浜急行本線
横須賀線
根岸線
相鉄本線
相鉄いずみ野線
富士急行
箱根登山鉄道
東急東横線
東急田園都市線
京王相模原線
西武多摩川線
湘南モノレール

茨城
東京
千葉
東京湾
東北新幹線
東武日光線
水戸線
常磐線
成田線
総武本線
総武本線
武蔵野線
京成本線
外房線
内房線
久留里線
いすみ鉄道
東金線
京成千葉線
北総開発鉄道
京葉線
京浜東北線
南武線
ゆりかもめ
埼玉高速鉄道
都営新宿線
都営浅草線
都営三田線
都営大江戸線
営団銀座線
営団日比谷線
営団東西線
営団千代田線
営団半蔵門線
営団丸ノ内線
営団有楽町線
東武野田線
東武伊勢崎線
秩父鉄道
真岡鐵道
京急空港線
大宮
上尾
赤羽
池袋
上野
新宿
東京
品川
川崎
千葉
成田
佐倉
木更津
館山
大原
茂原
蘇我
船橋
西船橋
市川
松戸
柏
取手
土浦
水戸
友部
小山
古河
栗橋
久喜
春日部
越谷
草加
北千住
日暮里
秋葉原
浜松町
大井町
大森
蒲田
羽田空港
東京ディズニーランド
東京ディズニーシー
海浜幕張
舞浜
新木場
錦糸町
両国
浅草
押上
亀戸
新小岩
小岩
八柱
新松戸
南流山
三郷
吉川
南越谷
牛久
竜ケ崎
佐貫
石岡
岩間
内原
笠間
稲田
福原
下館
野木
間々田
君津
上総一ノ宮
勝浦
安房鴨川
千倉
富浦
保田
浜金谷
久里浜

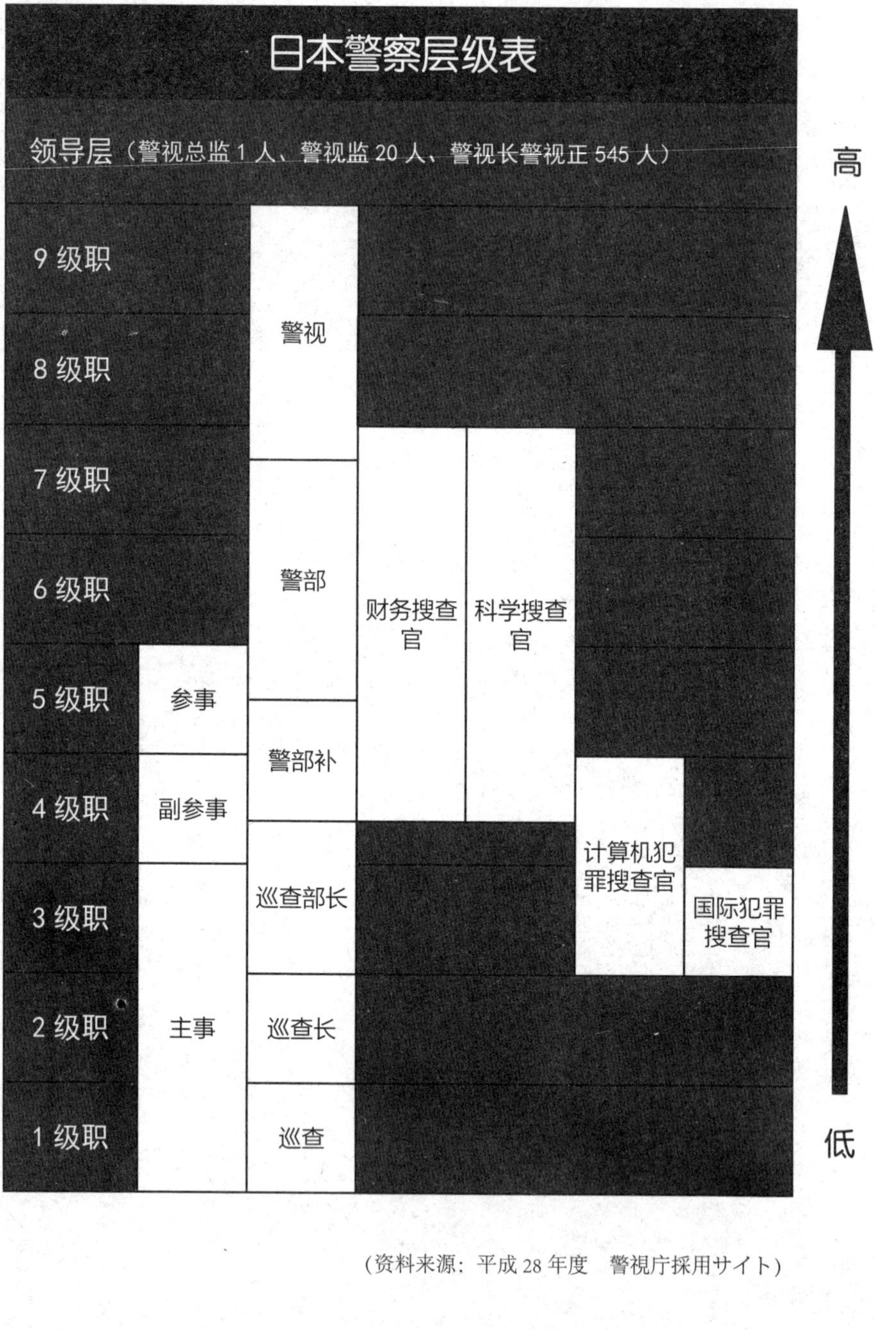

（资料来源：平成 28 年度　警視庁採用サイト）

本作出场人物

【按登场顺序排序】

北见志穗（23岁）**警视厅－科学调查研究所－特别被害者部（SVB）**
诱饵搜查官 东大犯罪心理学毕业

袴　　田（48岁）**警视厅－科学调查研究所－特别被害者部（SVB）**
巡查部长 北见志穗搭档

阿　　部（20岁）**本案出现的第一位嫌疑人**
东京地铁品川站临时清洁工 祖籍岛根

桧垣惠子（22岁）**第一位女性被害人** 在滨松汀中流商社工作的白领

井　　原（不详）**警视厅－搜查一课－六组**
警部补 北见志穗办案协助者

黑　　木（不详）品川站附近流浪汉

深山律子（24岁）**第二位女性被害人** 在乐町的房产公司工作

那　　矢（不详）**东京地方检察厅－刑事部－本部事件组** 检察官

远　　藤 慎 一 郎（34岁）**警视厅－科学调查研究所－特别被害者部（SVB）**
部长 东京大学犯罪心理学副教授

古田隆义（53岁）**本案出现的第二位嫌疑人**
奈斯食品公司职员 老家福冈 目前在东京长期出差

早濑水树（21岁）**警视厅－科学调查研究所－特别被害者部（SVB）**
诱饵搜查官 原某剧团女演员

广 濑 良（24岁）**警视厅－科学调查研究所－特别被害者部（SVB）**
早濑水树搭档 原搜查一课成员

柳濑君江（32岁）**警视厅－科学调查研究所－特别被害者部（SVB）**刑警

清原静江（21岁）**第三位女性被害人** 专科学校学生 遭遇电车色狼并遇害

相泽理惠（不详）车站附近美发店老板

相泽义彦（30岁）**本案出现的第四位嫌疑人** 相泽理惠美发厅女老板的老公

田崎英子（25岁）**第四位女性被害人** 餐厅收银员 家庭主妇

夕张武使（24岁）**本案出现的第五位嫌疑人** 配送员

夕张直美（23岁）夕张武使伴侣 在花店打工

1

诱饵搜查官1 触觉

东京地铁杀人魔

序章

电车驶离大崎，前往品川。

时值上午的八点五十分。

车上一如往常的挤。

但就是习惯不了。

总是习惯不了。

空调开得太足了。

要么太热，要么太冷。

没有折中的。

怎么可能习惯得了!

站在车里，几乎动弹不得。烟味，廉价发胶的味道，还有汗臭味。所有人都跟一个模子里刻出来的一样，抓着吊环，纹丝不动。居然有傻子想在这种状态下看体育报纸，臃肿的大衣压迫着身体，手提包上的金属零件戳在腰间。没错。这种事，怎么可能习惯得了呢。

每个人都是汗津津的。咬牙忍耐着痛苦。顶着张家畜似的脸。

她也是其中之一。

汗流浃背。

汗水积在上唇。

她只能时时用舌头去舔。

——为什么汗味会这么像血腥味呢?

——好担心腋下的味道啊。

——今天早上有没有喷除臭喷雾呢?

她拼命回忆，可就是想不起来。无法集中注意力。

因为有手指在她裙子上游走。一开始还比较“客气”，可后来越发放肆，甚至伸进了她的臀部。被汗水浸湿的内裤的感触都留在那个指尖上了。她更担心留在那人手指上的感触，而不是“正在被人摸”这件事。她也不知道这是为什么。

她想回头看看那人长什么样，但是车厢里挤满了人，根本动不了。

她决定——

不想了。

在早晚高峰的电车里，这是常有的事。

倘若大喊大叫，丢人的反而是她。

——不能和那种人一般见识。

她只希望那是个年轻男人。

——想到可能是个大叔，她就反胃。

——让他摸吧。

——摸到他爽好了。

——反正我很快就下车了，再忍一会儿就好。

为了忘记趴在裙子上的手指的感触，她将视线转向车厢中的悬挂式广告。

美女主播订婚了，美女明星和人搞婚外恋被人拍到了，美女模特在麻布的高级公寓跟年轻的剧作家同居……

太不公平了。我明明不是什么大美女，却要挤这种电车，还碰上了色狼。

突然，她发现裙子上的触感变了。

另一种东西压了上来。

……

那东西还插进了臀部的缝隙。她真不敢想那是什么，可又不得不想。

——真讨厌，恶心死了。

她皱起眉头。

——太可怕了！

她几乎就要喊出来了。

她再次尝试扭动脖子，真想看看会做这种事的男人长成什么鬼样子，一定要狠狠瞪他一眼。然而，她被夹在乘客与乘客之间，无法回头。

只能作罢。

那人不停地动。气息越来越喘。滚烫潮湿的气息吐在她的脖子上。她起了一身鸡皮疙瘩。她尝试着躲开，可那东西总能准确地戳进臀部的缝隙，逃避不得。

那人的动作越来越快，喘得好像马拉松运动员最后冲刺。接着——

她感觉到裙子上多了某种异物。

山手线

1

十二月三日，星期二——

早晨，八点三十分。

北见志穗在涩谷坐上山手线，来到品川站。

品川站不光有山手线，还有京滨急行线与都营浅草线。

这个时间段自然人潮汹涌，学生、上班族们步履匆匆。这就是所谓的早高峰。脚步声、说话声、通知列车发车的广播……宽敞的车站，异常喧闹。

志穗追踪着一个男人。

牛仔裤加夹克，很不起眼的年轻男人，打扮成这样的人随处可见。她在涩谷站和他上了同一节车厢，一直紧盯着他，可过了五反田之后，人就跟丢了。

五反田站上来了不少高中生。推推搡搡的过程中，男子不知被挤去了哪里。

志穗知道那人会在品川站下车。所以她胸有成竹，跟丢了也不慌。

她本以为，到了品川站自然能找到他。可她太天真了。早高峰没那么好对付。

车门一开，人们蜂拥而下。要从中锁定一个简直难比登天。

她拼命扫视四周，但找不到男子的身影。要是逆人流而行，或是左顾右盼，反而容易暴露，那样诱饵就失去意义了。她只能顺着人潮往前走。

话说回来，本该跟她上同一节车的袴田警官也不见了。

袴田的任务是保护志穗的安全。

当然，袴田也不能被嫌疑人发现。不能跟志穗走得太近，但又不能离太远。

要在挤满人的电车里做到这一点可不简单。

袴田是个其貌不扬的邋遢老头，横看竖看都不像是能托付性命的人。

如果他是巧妙地将自己隐藏在人群之，甚至骗过了志穗的眼睛，那当然得为他竖起大拇指，可事实好像并非如此。

他只是在电车里跟志穗走散了吧。

与保护对象走散算哪门子的护卫啊，他也太不负责任了。

袴田算不上敏捷，也不像肌肉发达的人。据说他原来是片区防犯课①的，但也不是专管暴力犯的。听说他最擅长的是扫黄。

之所以把他派来科搜研的特别被害者部（SVB），也是因为本厅不需要他吧。说白了，他就是个窝囊废。

这种人真能保护好我吗？志穗本就有些担心，没想到他会不负责任到这个地步。

——开什么玩笑！

她不禁暗暗抱怨。

今天是她以“诱饵搜查官”身份上岗工作的第一天，却偏偏跟丢了嫌疑人，而袴田则把她给跟丢了。

第一天尚且如此，以后的日子可怎么办啊。

志穗还是没找到嫌疑人，只能走上通往检票口的楼梯。她很想去找人，但在早高峰的人流中，她身不由己。

这么多人，好像一大群旅鼠。不可能逆流而上。别说是立定了，就连改变身体的朝向都是奢望。只能被后面的人推着，推前面的人，走上楼梯。

她上到检票口所在的楼层。

---

① “课”是日本政府各部、司、局以下一级行政单位的叫法，机关学校等行政单位也叫“课”。本书中出现的“防犯课”“搜查一课”“鉴识课”都是这种用法。

算上临时站台，品川站足有十多个站台。

在站台间移动的人群，再加上进出车站的人群，让车站里挤满了人。人产生的热气让志穗冒出了一身汗。车站在噪音的轰鸣中，震动着。

志穗站定，紧张感掠过心头。

她不动声色地躲进车站告示牌的阴影处，装作在等人的样子。脸别向一边，但余光的确瞥到了那个男人的身姿。

嫌疑人——那个年轻男人，就在那儿！

他正站在自动售货机前，喝着罐装咖啡。

他喝了一口，呆呆凝视着来来往往的人群。过了好久都没见他喝第二口，仿佛他忘了手上还有一罐咖啡。

嫌疑人名叫阿部，今年二十岁，老家是岛根的。为了上东京的高考复读班，他一个人租了间公寓。一看年龄就知道，他已经复读了两年，最近几乎没回过老家。房租是老家的父母汇来的，但生活费则是他自己打工赚的。

边复读边打工一定很辛苦。不难想象，他的生活肯定很吃紧。街坊邻居对他的评价都是“老实”二字。

但换句话说，就是他没闲钱出去花天酒地。

年轻男人，一个人住……

肯定不会自己做早饭吃。

这罐咖啡就是他的早饭吧。但他迟迟不喝，只是呆看着人来人往，就好像……

他的目的不是“喝咖啡”，而是“看人”。

他平时大概不太洗脸吧。脸色暗沉，面无血色，胡渣儿特别显眼。

他看着眼前的人群，看得却不大仔细。

他的眼中，是不是空无一物呢?

瞧他那副呆若木鸡、寂寥冷清的样子。

光看他的表情，志穗实在难以相信……

这个以“老实”著称的落寞青年，竟会被扣上杀人之嫌。

女死者的身姿如电影闪回镜头一般在脑海中掠过。

死者被活活勒死，塞在厕所的单间里。鼻子和嘴巴流血了，背靠单间的墙壁，手臂搁在马桶盖上，伸长了腿……

好像没了电的电动娃娃。

娃娃只要换上新电池就能复活。

女人死了，却再也动不了了。

恰是一周前的星期二——

早晨，九点二十五分。来到品川站女厕所做清洁工作的保洁员发现了尸体，立刻报警。

从现场的情况和对被害者周边的调查结果看，行凶的应该不是熟人，而是所谓的过路杀人狂。

而阿部则成了警方的头号嫌疑人。

阿部受雇于保洁公司，在品川站当临时清洁工，每周二休息。可是，上周二，有人看见他出现在了品川站。

今天又是星期二，休息天，而他又来车站了……

阿部似乎看腻了人群。

突然，他捏扁了咖啡罐，将之狠狠丢进了垃圾箱。

志穗脑海中的咖啡罐和女尸开始重叠。

一旦被喝干，没了用武之地，他们就会被捏扁、丢弃。

——这人真是杀人魔吗？

阿部开始行动了。

他离开了自动售货机，走进车站的人潮。

他的身影混入人群之中。

志穗必须跟上。

不能再跟丢了！

这是她的任务，也是责任。

因为她是隶属警视厅“科学搜查研究所”（科搜研）的“特别被害者部”的——诱饵搜查官。

2

阿部走向案发现场——厕所。

品川站是个超大型车站，厕所自然不止一处。

女子被害的现场，是所谓的“桥上厕所”。从京滨东北线的站台出发，上楼，走到右手边的过道就是。

横跨站台的天桥通道，名曰“平成横丁（小巷）”，不到三米宽。

说是小巷，倒不如说是“隧道”更贴切些。

通道左手边有个大众酒馆。

右手边则是可以俯瞰站台的窗户。再往前则是吸烟处、男厕所，走到底就是女厕所了。

那就是桥上厕所。

早上八点到九点是车站最热闹的时候。为什么要选人这么多的时间段作案？会产生这样的疑问也是理所当然。不过，只要见到这条天桥通道，就能理解凶手的选择了。

早上会走这条路的人非常少。真不敢相信这里居然是品川站的内部。

仔细想想，也没什么不可思议的。酒馆没开门，上班上学又是分秒必争的事，没有人会跑到这儿优哉地抽上一根烟。

会有人的只可能是厕所。但这桥上厕所的位置并不好找。何况站台上也有厕所，除非很熟悉品川车站的人，否则压根不会想到这里也有个厕所吧。

死者没有受过性侵犯的痕迹。

至少警方没在她的私处发现精液。

但她的裙子被脱掉了。而且，警方没在现场发现那条裙子。

在厕所的小单间里脱掉拼命挣扎的女子的裙子——这绝非易事。

最合理的解释是，凶手先勒住了女子的脖子，让她无法抵抗，之后再脱裙子。

凶手本想施暴，不料遭到了女人的激烈反抗，一不小心，就要了她的命。

——这种可能性也不是完全没有，可要真是那样，女子就应该是被徒手掐死的才对。

然而，女死者是被人从背后用绳状物体勒死的，这说明犯人早就备好了绳子。换言之，犯人从一开始就打算要她的命。

不过警方不能因此轻易判断凶手从一开始就抱有杀意，也许他是想先用绳子将被害者勒晕，再行强奸。总而言之，他得先让被害者进入无法反抗的状态。

那他为什么没能发泄欲望呢？是因为失手杀了女子让他大惊失色，掉头就跑了吗？还是因为杀了人硬不起来了？

被害者名叫桧垣惠子，二十二岁，是个在滨松町的中流商社工作的白领，住在东横线都立大学站，每天坐电车上班。

她有几个男性朋友，但都不是特别亲密，而且个个都有不在场证明。

问题是，这位要去滨松町上班的白领，为什么要在品川站下车呢？

惠子在品川附近没有熟人。不，就算有，也不会在忙碌的早高峰时间特地下车去见朋友吧。

而且她从没有过无故旷工的情况，如果是迟到，也会提前打电话去公司打招呼。遇害当天，惠子并没有打过电话。从这一点也能看出，她出门时并没有在品川站下车的意思。

换言之，桧垣惠子因为某种原因，不得不在半路下车。

下车后她直接去了厕所，也许这说明她是有了尿意或便意。然而，从她被勒死后失禁的尿量看，她不至于急到要下车的地步。司法解剖的结果也证明了这一点。

总之，警方还没搞清桧垣惠子为什么要在品川站下车。但不可否认的是，“在品川站下车”，成了她惨死车站的导火索。

然后——

这位名叫阿部的年轻人，成了警方的头号嫌疑人……

阿部在行走。

志穗跟上。

在车站的人流中，志穗的双眼紧盯着阿部的背影。

阿部走进了跨站通道。

跑这种地方来干什么？

他的确是车站的清扫员，但今天他不当班，没必要去打扫厕所。

再者，真是和工作有关的事，他肯定会先去员工休息室。

志穗没有犹豫。

她脱下大衣。

里头穿着黑色七分袖毛衣，很薄，以突出胸部的轮廓，再配上苔绿色的迷你裙与同色系的丝袜。

隆冬时节，很少有人穿得如此挑逗。连她自己都有些战战兢兢。

但她要引诱杀人犯。

没办法——她是诱饵。既然要当诱饵，就要尽可能勾起犯人的“食欲”。

保险起见，她稍稍松开了手镯的搭扣。如此一来，只要轻轻一挥手，手镯就会滑落，掉进她的手掌心。外头的银色是镀上去的。手镯本身是铁做的，非常重。

她将手镯戴回手腕，踏入跨站通道。

她傻眼了。

袴田居然在那儿。

他就在吸烟处，手撑着窗框，吞云吐雾。

风衣与瘦弱矮小的袴田简直格格不入。亏他还是个刑警呢，怎么看都像个永远翻不了身的底层员工，只有那股寒酸气特别显眼。

头发也少得可怜，白了一半，甚至能隐约看到头皮。朝阳透过窗户照在他头顶，把他的头发弄得异常朦胧，倍显冷清。

除了袴田，跨站通道里没有别人，虽说只有几米长，可在这上班高峰时段竟会有如此安静的地方，总归令人难以置信。

而这个环境，更突出了抽着烟的袴田的落寞气场。

听说他快五十岁了……

但是，当他视线一扫——果然犀利，不愧是第一线的刑警。那眼神，跟普通人截然不同。

袴田很快岔开视线，但朝通道深处扬了扬下巴。

是在告诉志穗，阿部往那个方向去了吧。

志穗还以为袴田把她跟丢了。但她错了。他只是保持着若即若离的距离，让她注意不到他而已。换言之，这也说明袴田的跟踪技术相当高明。

志穗对袴田改观了。

也许袴田没有她想象得那么不可靠。再说了，这是她第一次与袴田搭档。袴田好像不是志穗误会的那种窝囊废。

志穗松了口气。

总而言之，她终于从无理无缘的不安中解放出来了。

这样就能定定心心地干活了。

她决定继续追踪阿部。

然而……

志穗眨了眨眼睛。

阿部消失了！通道上没有他的身影。

这条通道的长度不足百米，右手边是厕所，左手边是酒馆后门，还有通往京急线的小路。

沿通道走到底则是“副站长室”。

难道他进厕所了？

既然他进了男厕所，志穗就没法确认了。

让袴田去吧。

她回头看了看袴田，可他竟露出一副毫不知情的表情。

执行任务时，除非情况特殊，否则他俩不能接触对方。

但他好像并不是因为这个装不知道，而是真的没察觉这个情况。

如果不是……莫非他觉得，诱饵就该好好当诱饵，直到目标上钩，他都不该出手？

无论如何，他都不会帮志穗检查男厕所的。

——好好好。

志穗愤然。

能一个人做的就一个人做。就任特别被害者部诱饵搜查官的时候，她就做好了心理准备，只是做梦也没想到会沦落到偷窥男厕所的地步。

她虽然有气，但还是战战兢兢地将头探进男厕所。

万幸，没有人在用小便器。要是和正在“办事”的男人四目相对，一定会很尴尬吧。

单间的门都关着。她必须确认阿部在不在里面。

无可奈何，只能走进厕所。

里面空荡荡的，在白炽灯的灯光下有一种病态的明亮。

瓷砖地板有点湿，大概是刚刚有人打扫过吧。

水龙头好像有些松，能听见滴答滴答的水声。

里头有四个单间。她决定敲一敲最外面那间的门。

突然，右手边的门开了。

“哗啦啦啦……”水声传来。

有人出来了。她没工夫确认那是谁。

因为有人从她背后勒住了她的脖子。

3

强烈的臭味扑鼻而来，就像是腐烂的鱼的味道。

志穗之所以咳嗽，不光是因为脖子被人勒住了，也许还有臭气难耐的原因。

她无法确认歹徒的长相。她没那个闲心。

歹徒用手死死勒住她的脖子。她打算用手指把他的手掰开，可没成功。对方比她高很多，把全身的体重都压在了她身上，想要撂倒她。

她想大声呼救，可气管被压住了，喊不出声。

——你在干什么呢！快来啊！

她在脑中拼命呼唤袴田。

但袴田没有现身。

他果然是个靠不住的搭档吗？

她一挥右手，手镯滑进手掌。她紧紧握住手镯，将拳头砸向歹徒的脸。

她的姿势很不自然，而且能弯曲的只有前臂。就算手镯握得很紧，破坏力也非常有限。但志穗没有忘记教官的教诲，对准了歹徒的要害，将拳头砸向鼻梁骨。

“唔！”

男子闷喊一声。

砸中了。有鼻梁软骨断裂的感触。

温热的东西滴落在肩头，应该是鼻血吧。

然而，男子的力道没有任何减弱的迹象。不仅没减弱……

志穗甚至听见了猥琐的笑声。

“嘿嘿嘿……”

这个禽兽，不会痛的吗？

见猎物没被吓到，反而拼命抵抗，禽兽就更是欲火焚身了。他的左手伸进了迷你裙，用手指撕开了连裤袜。

——可恶，你这禽兽！

志穗再次挥拳攻击男子的面部，然而拳头落空了。男子一会儿往左躲，一会儿往右躲，避开她的拳头，奸笑不止。

突然，脖子上传来一种奇怪的感觉。

温湿的触感。

男人伸出舌头，舔着她的脖子。志穗起了一身鸡皮疙瘩，恶心得难以忍受。

“呀——”

她大声惨叫。不，现实中的她并没有叫出声，即便如此，她还是奋力呼救。

她用力一跳，像钟摆那样奋力踹向厕所的门。

男子因反作用力失去平衡。

厕所的地面还没干。他脚底一滑，仰面摔倒。

志穗自然也被撂倒，但男子的身体成了肉垫。男子摔了个四仰八叉，后脑勺撞在地面，发出“咚”的一声。

他的手依然勒着志穗，但手上已经没力气了。

志穗趁机摆脱歹徒的手臂，猛踩男子的腹部与胸口，站起身，正要逃向厕所出口。

然而，歹徒也是拼了命的。他迅速抓住志穗的脚踝。志穗往前倒去，在瓷砖上匍匐。

她竖起手指，想要爬离歹徒，但男子的手死死抓着她的脚踝，就是不松开。

志穗发出惨叫，边喊边用靴子踹歹徒的脸，一次又一次。太难缠了，踹了好几脚都不见他松手。

厕所出口就在眼前。近在咫尺，却够不着。

就在这时，出口出现了一个人影。

——袴田？

她定睛一看。

不对！不是袴田！

她晕了。

站在她眼前的，竟是阿部。

阿部呆若木鸡，好像没理解眼前究竟出了什么事。他瞪大双眼，下巴都快掉下来了。

——那抓着我的是谁啊！

志穗不得其解，但还是继续踹歹徒的脸。

这一脚好像相当管用，把下巴踹裂了。

“咔嚓……”

传来骨头碎裂的响声。

靴子里的脚尖能感受到歹徒在往后仰。

男子发出惨叫。

真难缠。

即便如此，他还是不松手。

但她挣脱了靴子。

志穗光脚站起。

男子跟着站起。

好大的个子。不，他看上去魁梧，是因为他穿了好几件衬衫，整个人鼓鼓囊囊的缘故。衬衫、裤子和夹克都脏得看不出原来的颜色了。

男子烂醉如泥，一股廉价酒的味道。看着志穗的眼睛布满血丝，异常混浊。脏兮兮的脸上，露出一排蜡黄的牙齿。干裂的嘴唇上，还沾着口水。

“喂！”男子警告阿部，“那是我的女人，你可别出手哦——”

因醉酒而迟缓的声音懒洋洋的，却毫不掩饰欲望。

阿部听到男子的话，这才回过神来，后退两三步，突然大喊道：“喂！来人啊！出事了！救命啊！”

“混账东西——”

男子发出野兽般的嚎叫，像黑熊一样举起双手，朝着阿部冲去。

一瞬间，只有一瞬间，男子的注意力不在志穗身上。

但一瞬间就足够了。

志穗从洗脸台的容器里挤出一把洗手液，冲向朝阿部扑去的男子，将洗手液揉进了他的眼睛。

洗手液直接接触眼睛可不是闹着玩儿的。

“哇啊啊啊啊啊啊啊——”

男子一声惨叫，伸出双手去揉眼睛。只见他颤颤悠悠地往后退，又是脚底一滑，跌坐在地。于是又是一声惨叫。

这时，好几个男人冲进了厕所。

个个面无人色，怒气冲冲地喊着话。

接着，他们便扑向了跌坐在地哭喊着的男子……

品川站第二站台厕所

1

那群男人是刑警。

几个片区的，还有两位警视厅搜查一课六组的刑警。

不愧是专家，下手就是麻利。

他们按住歹徒后，不由分说地将他拽出了厕所。

他们都是负责“品川站过路杀人狂事件”的刑警。

“品川站过路杀人狂事件搜查本部”位于片区警署，志穗去参加联合搜查会议时见过其中的几位。

不过刑警们对志穗的态度非常冷淡。光是无视也就罢了，甚至有人毫不掩饰心中的敌意。在搜查会议上，志穗如坐针毡。

“他们是不是把我当外人啊？”

搜查会议之后，她向一旁的袴田问道。

“不，”袴田毫不留情地答道，“他们只是讨厌你而已。”

事实的确如此。

第一线的警员们有很强的地盘意识。

鉴识技术再先进，团队合作再重要，上头看重的依旧是个人表现。因此刑警们总免不了争先恐后，以求平步青云。

本厅与片区常会针锋相对，矛盾激化时甚至会出现隐瞒证据的情况。

科学搜查研究所（科搜研）自然是外人，更何况刑警们从没听说过什么“特别被害者部”。要是这个部门的人来到现场，他们当然看不顺眼了。

调查卖淫与贩毒案件时，警方倒会使用卧底，也就是“诱饵”。但警方并没有在杀人案中使用诱饵的前例。

当然，在以往的调查过程中也出现过不得不使用诱饵的情况。无可奈何之下，警方会找女警来，或是让年轻的男警官男扮女装，凑合凑合。

而录用专当“诱饵”的女搜查官，是警界的一次大胆尝试。

刑警们都是地方公务员。

公务员都排斥没有前例的事情，多一个对调查第一线的事插嘴的人他们能乐意吗?

更何况志穗等女性诱饵搜查官只有巡查的资格，但不是公务员，而是“准”公务员。换言之，她们的立场非常特殊。

“搜查现场就是那么无情。没工夫说什么冠冕堂皇的话。刑警最看不得外行人在现场指手画脚了，那些刑警肯定觉得，你一个乳臭未干的黄毛丫头，能干啥啊。不是我吓唬你啊，你就等着吃苦头吧——”

袴田是这么说的，可他并没有要保护志穗的意思。在搜查会议上，志穗备受冷遇。在她饱受煎熬时，袴田也没有伸出援手。他不是迟钝，也不是冷淡，也许袴田本人也对诱饵调查这种形式抱有反感吧。

连被派来特别被害者部的袴田刑警都是如此，其他部门的刑警就更不用说了。

所以——

“你别进来。在这儿等着。”

志穗听到六组的刑警如此命令时并不惊讶。虽然不惊讶，但也不服气。

“那人袭击了我哎！我是诱饵搜查官。我有参加审问的权利！”

“诱饵搜查官？”

刑警嗤之以鼻。

这人是六组的井原主任，三十来岁，体型跟犀牛似的。自从在搜查会议上打过照面之后，他就没掩饰过对志穗的反感。

“你不是来勾引阿部的吗，怎么勾着那种混账了？什么诱饵搜查官啊，笑死人了。那家伙是在这一带转悠的流浪汉，跟案子没关系。拜你所赐，我们的工作量又增加了。”

“凭什么说他跟案件没关系啊？他袭击我了，这是无可争议的事实。也许他还袭击过桧垣惠子呢！”

“你当我们是吃白饭的？片区的同事早把可疑人物过了一遍了。那家伙叫黑木，其他流浪汉管他叫老黑。品川站是老黑的地盘，你当片区的人不会查他老底？那家伙有不在场证明！”

“……”

“真凶绝对就是那个阿部，你居然让他救了你一命。什么诱饵搜查官啊，笑死人了。”

“是不是搞错了啊？”

“什么搞错了？”

“我不觉得阿部是真凶。”

“因为他是你的救命恩人？真够天真的，头发长见识短。”

“……”

“姑奶奶，别再碍事了行不？我们又没委托你们派诱饵出来，是上头下了命令，我们不得不听啊。哼，果不其然，搞砸了吧。我可受够了。再说了，你这种小姑娘懂什么搜查——”

井原狠狠关上门，把志穗孤零零地留在站员办公室外。

刑警们将那个叫老黑的流浪汉拽进站员办公室进行审问，站在屋外都能听见刑警们的怒吼。

喝得烂醉，还强奸妇女未遂……老黑也许会被狠狠审问一番，再被丢进拘留所关上两天。但他应该不会被起诉吧。

刑警们之所以对老黑吼个不停，也是因为杀人案的调查工作开展得并不顺利。说白了就是撒气。

志穗不禁长叹。

今天是她就任诱饵搜查官的第一天，结果竟如此惨淡。

她不仅没“勾”上嫌疑人阿部，还被另一个人袭击了，最要命的是，阿部居然成了她的救命恩人……

会被井原嘲笑也是理所当然的事。

然而，她之所以说“阿部不是犯人”并不是为了争一口气。

她真的有这种感觉。

警方会盯上阿部，皆因案发当天他不当班，却有人看见他来到车站。而且保洁员也很容易进女厕所。就这两点而已。

根据极其薄弱，但过路杀人狂案件的性质特殊，搜查本部实在找不到可疑的嫌疑人。警员们不认为诱饵搜查能抓到真凶，但他们派了好几个人监视阿部，可见他们真是瞅准了他。

然而——

阿部站在厕所门口时，表情呆若木鸡，那绝不是杀人凶手会露出的表情。当然，要是说志穗的想法太天真，她也无法反驳，更无法说服井原他们，但直觉告诉她——阿部不是凶手。

说曹操曹操到。

“你没事吧？”

阿部也被警员们带来了，美其名曰证人。

片区的刑警站在一旁，板着个脸。

“嗯，多亏了您——”

总不能告诉阿部“我是用来勾引你的诱饵”吧。

她只能继续扮演受害者的角色。

“太感谢了。”

“啊……我只是吓了一跳，喊了一声而已，别谢我。我都觉得自己太窝囊了呢……”

他仔细打量着志穗，因她的美貌而惊讶。只见他羞红了脸，低下头来。

见状，志穗下定决心，直接问他一件事。

“不好意思，请问……您是不是车站的保洁员啊？”

“啊？”

阿部眨了眨眼，显得十分惊愕。

“周二不是休息的吗？您休息天也会来品川站吗？”

“……”

“啊，您别误会，我也想来车站打工，所以才想问问您。”

“啊，是这样啊。”

阿部听到这话，松了口气。

这个小伙子非常淳朴，甚至不会怀疑他人。而志穗接连两次欺骗了他，心中隐隐作痛。

“休息天也得来车站吗？”志穗再次问道。

“啊，不是非来不可的……”阿部含糊其词，但最终横下一条心，答道，“我只是太寂寞了——”

“寂寞？”

“一个人待在公寓真是冷清得不得了。我的朋友不是上大学了就是工作了，懒得理我。我又没有女朋友……寂寞得很，却无所事事。所以休息天我也会来品川站。虽然来了也没什么事情好做——”

阿部双颊绯红，很是难为情。

他向刑警问道：“我能去喝口水吗？”不等刑警回答，他便走远了。

他明明耸着肩膀，背影却显得异常孤独。

志穗目送着他的背影，暗想这人果然不是罪犯。她还很自责。人家明明不是罪犯，我却问了这么残酷的问题。

杀死桧垣惠子的凶手另有其人……

这时，站员办公室的门开了。

井原领着其他刑警走了出来。

刑警们的神情紧张而又僵硬。其中一个对陪着阿部的刑警耳语了几句。听完，那位刑警脸色一变。

接着，所有刑警都开始朝站台走去。没人瞧志穗一眼。

志穗都不知道出了什么事，只能呆呆地目送刑警们离去。

寂寞的阿部，寂寞的志穗。

没有一位刑警当志穗是搜查本部的一员。

“怎么了？你不跟他们一起去吗？”

身后有人问道。

是叼着香烟的袴田，天知道他是什么时候来的。

他的语气总是那么无精打采，没有存在感。现在也弓着背，吸着鼻子，显得很冷的样子。

一副衰神附体的模样。

“啊，袴田大哥——”即便如此，志穗还当他是唯一的“同事”，赶忙说道，“阿部不是凶手，他不是能杀人的人，是一课搞错了！”

“我早就知道了，”然而袴田并没有对志穗的意见表现出太多感慨，语气依然毫无霸气，“刚才有人在站台的厕所里发现了一具女尸。有人在刑警眼皮底下动手了。所以那群人才会火冒三丈地冲过去。”

2

第二位牺牲者出现了。

而且，又是星期二——

行凶现场又是品川站的女厕所。不过这次不是桥上厕所，而是三号线与四号线所在的京滨东北线站台的厕所。

早高峰人这么多，凶手居然敢动手？不过这个厕所在站台的角落，靠近涩谷，不太引人注目。罪行虽然大胆，但绝非天方夜谭。

这个厕所被称为品川站第二站台厕所。

女死者与桧垣惠子一样，死在厕所的单间里。

尸体的详细情况得等司法解剖的报告。不过警方推测，行凶时间应该是九点过后。

因为有一位在九点多进过第二站台厕所的女性做证称，当时厕所里并没有什么女尸。

尸体所在的单间没有上锁。但女子双手环抱坐便器，头则顶住了单间的门。

于是后来进厕所的人都以为这间有人在用，导致尸体过了很久才被人发现。

警方通过被害者随身携带的月票查出了她的身份。

深山律子，二十四岁，家住品川区小山。警员立刻往她家打了电话，但没有人接，由此可见她很有可能是一个人住的。

警员已联系离她家最近的巡警亭，派警员去她家查看情况，要不了多久就能有最新情报了。

她在有乐町的房产公司工作，因为某种原因，在品川站下了车，遇上了杀身之祸。

问题是，她为什么要下车？桧垣惠子与深山律子。两位年轻女子为什么非要在忙碌的早高峰中途下车呢？

照理说人是不会在上班时中途下车的。

肯定会直接坐到离公司最近的车站。

警方尚未调查深山律子周围的情况，如果她与桧垣惠子一样，没有朋友住在品川，那“下车之谜”就会成为阻碍调查工作的最大壁垒。

先入为主极有可能影响调查方向的准确性，但这两位女性应该死在同一个人手上。

因为深山律子也是被人用绳子从身后勒死的，而且她的裙子也被脱了下来。

而案发现场并没有发现这条裙子。这一点也与桧垣惠子的案子完全一致。

不，最关键的是，这两位年轻女性非常像。不是说长相，而是给人留下的整体印象。

长发翩翩，身材苗条。她的表情因绞杀而扭曲，可如果她还活着，一定很可爱。深山律子戴着银耳钉，而桧垣惠子也戴着类似的耳钉。

——绝对是同一个人干的。

志穗一看到被害者便如此断定，恐怕所有警员的直觉都是这么说的吧。

不过没有一位警员有意征求志穗的意见，他们完全无视了她，在搜查会议上也是如此。

被无视，也许并不是坏事。

志穗不是警员，也不是局外人，只能在案发现场到处转悠。

不知道该做什么。

她接受过当诱饵搜查官的训练，但没有勘查现场的经验。这还是她这辈子头一回见尸体。她受了惊吓，非常亢奋。

九点已过，可站台上依然人头攒动。有警员守在站台靠涩谷的这一边，站在厕所周围，防止闲人擅闯。但这样更加剧了站台的拥挤程度。

一周前刚出过人命。人们的记忆尚未淡去，又有一位年轻女子死在了车站的厕所里……

案件越可怕，就越能激起人们的好奇。任警官如何劝阻，都无法把看热闹的人赶干净。

“别进去！喂！说你呢！要我说几遍才懂啊！不许进去！”

警官大声喊着。

人实在太多。从保存现场的角度看，这是最要命的情况。

然而，调查员们并没有因此气馁，而是奋力工作。

本厅搜查一课、片区警员、铁道警察官、机动搜查队员、鉴识课员——现场足有十多人。

勘查完现场后，调查员们开始检查尸体。鉴识课员们也蹲在地上，采集指纹、脚印与毛发等证物。

可案发现场实在太特殊了。指纹与脚印数不胜数，要从中找出属于凶手的那个简直比登天还难。

仿佛大海捞针，遥遥无期。

但又不能不找。

警方也许能通过脚踏实地的努力，找到决定性的证据。

案发不足一小时，凶手在逃的可能性很大。

当然通信指令中心已经下达了紧急搜捕指令，可在早高峰时段的JR京滨东北线，这样的指令几乎派不上用场。

以数百万JR乘客为对象的紧急搜捕能有什么用?

这才叫名副其实的大海捞针。

人，人，人。这就是过路杀人狂案件的难办之处。因为警方无法将犯人与被害者联系起来。搜查的对象实在太多。

搜查本部必须从无数人中找出嫌疑人。

而他们找到的，就是阿部。

讽刺的是，对嫌疑人的监视与跟踪反而证明了他的无辜。案发时，阿部就在刑警们的眼前。没有比这更完美的不在场证明了。第二起案件发生在刑警们的眼皮底下。调查回到了原点。

警员们定是气急败坏，难怪他们的一言一行都透着杀气。

3

“喂，快看这个！”井原喊道。

他是搜查一课的主任，想必有不少刑事案件的经验。他会大喊大叫，也是因为眼皮底下发生杀人案所带来的屈辱感吧。

监察医还没到位，因此是警员们在检查尸体。

而井原在被害者的大衣上发现了某种白浊的液体。

那是精液。

羊毛大衣的衣角上沾到了一点，已经干了。

警员们脸色一变。

如果被害者有被强奸的可能性，警方自然会在被害者的阴道采集精液。

监察医验尸时也会先确认这一点。

人们都以为警方能通过阴道中的精液查出犯人的血型。然而，事情并没有那么简单。

因为被害者的阴道也会分泌出体液。而且被害者的交往对象（如果是已婚妇女，则是她的丈夫）的精液也会与凶手的混在一起。

如果被害者在被强奸之后还活了一段时间，阴道内的精液就会失去化学活性。

相较之下，附着在干布、纸片上的精子的化学活性能保存很长时间。也就是说，要做精液鉴定，最理想的是阴道外采集的精子。这一点与人们的常识截然不同。

警方能从精液的状态与染色性推测行凶时间，并锁定凶手的血型。

这是警方找到的唯一线索。就算发现者不是井原，也会非常兴奋。

志穗也躲在警员后面观察着遗体。

她紧皱着眉头，很是心痛。

她好歹是科学搜查研究所的人，有一定的法医学知识。她也知道精液是多么重要的线索。但她就是没法像井原他们那样激动。

年轻女子死在厕所，裙子被扒掉，衣服上还有精液……

志穗也是个年轻女人。

只要她还生活在东京，桧垣惠子与深山律子遭遇的灾难就有可能降临在她身上。

想到这儿，她就觉得井原他们太没心没肺了。她忍无可忍。

“差不多了吧？”

她终于还是插嘴了。

警员们齐刷刷地望向志穗，一脸莫名其妙。

“什么差不多了？”

井原问道。那是很没好气，带着刺儿的语气。

“让一个年轻姑娘这么躺在厕所里实在太可怜了。至少给她换个地方吧。”

“……”

“太可怜了，在车站的厕所被人群围观……碰上这种事，丢了性命，还被警察查来查去，简直跟死了两次没什么区别。这也太残忍了。”

“喂，等等，你——”

一名年轻刑警气呼呼地说道。这时，井原举起手阻止了他。

井原目不转睛地凝视着志穗的脸。

志穗也不服输地盯着他。

越看就越觉得他长得像犀牛。连眼睛都跟犀牛一样细。

不知为何，井原点了点头。

他突然大声喊道：

“喂，鉴识课的，现场的照片拍好了吗？该拍的都拍了吗？”

“好了，拍完了。”

拿着相机的鉴识课员回答道。

“派人去拿鉴定处分书了吗？”

“片区的小年轻去了。”

刚才那位杀气腾腾的刑警点了点头。

“好。把担架和薄膜拿来。把尸体运走。”

“啊？监察医还没查完呢……”

“查了也没用——”井原起身，“这就联系大学，让他们今天就做解剖。”

“让哪家大学做啊？”

“东大也行，庆应也行。能联系上谁就是谁。还不快去！”

“是！”

警员们撒腿就跑。

井原再次打量起志穗来。

“哟，你还真敢说啊，诱饵小姐。”

他如此说道。用词很粗暴，但口气还行。

志穗不知该如何回答才好，只得沉默。

“我们也不想让死者就那么躺着。验尸就得这么办，必须这么办。你兴许觉得我们铁面无情，可我们都在心里双手合十为她祈祷呢。只有早日将犯人绳之以法，才能还她一个公道啊。”

“……”

“不过我也知道迟早要送她去解剖的。没必要在这种地方傻等监察医过来。你不说我还没回过神呢——”井原的犀牛脸上露出微笑，“深山律子也是，你也是，穿那么少不冷吗？这身打扮太刺激了，我手下的小年轻都快受不了了。你就不能想想办法吗？”

“对不起……”

志穗红了脸颊。

她脱下了被流浪汉扯碎的连裤袜，光着腿。虽然穿着外套，但一大早的又是迷你裙又是大白腿，的确露得有些过。

“可是啊——”井原忽然别过头去，“你也不能老那么插嘴。一课的刑警都是火爆脾气，见到女人也不会手下留情。你还是长个心眼吧。”

井原板惯了脸，不擅长露出温柔的表情。会害羞吗？身为搜查一课的主任，他总有不得不隐忍的地方。

但志穗没工夫陪三十多岁的老男人纠结了。

她可没那么闲。

“告辞。”

她与井原告别。

井原要温柔就温柔，要发怒就发怒好了。

其实志穗也有点难为情。

她朝站台的小卖部走去。

准备买双丝袜。

身在挤满人的车厢，勾坏丝袜是常有的事。

所以小卖部也卖丝袜。

——随便买一双就好了。

就在这时。

她脑中灵光一闪，突然站住。

她明白了。

明白了桧垣惠子、深山律子为什么会中途下车。

——没错，要是这样，她们就不得不下车了！

科搜研特别被害者部

1

袴田站在山手线的站台上。

在吸烟区呆呆地抽着烟。

每次见到他，他都在抽烟。

从没见他干过正经事。

他站在涩谷那一侧的尽头。

人潮汹涌，袴田很不显眼，志穗险些没发现他。

铁轨对面就是京滨东北线的厕所。

也就是案发现场。

厕所的建筑物分成两间，男女厕所各有一个出入口。

离山手线站台更近的是女厕所。

那就是深山律子遇害的地方。

袴田好像在边抽烟边观察厕所。

换言之，他好歹也在工作。

尸体已被运走，但警员们还在勘查现场，鉴识课员也在搜寻与案件有关的遗留物品。

早高峰已过，看热闹的人也少了，可气氛依然凝重。

不光袴田，就连其他等山手线的乘客也都在观察现场的情况。

不过京滨东北线与山手线电车每隔几分钟就来一趟。一有车来，人们的视线就会被挡住。唯一一个目不转睛地看着案发现场的人就是袴田。

志穗喊道："袴田大哥——"

袴田看了志穗一眼，点了点头。

也许这就是他的回答吧。好无力的回答啊。他明知志穗被流浪汉袭击了，却没有问一句。

志穗望着那张老气横秋的脸，顿感火气上涌。

"袴田大哥,你的工作不是保护我吗？我出事时,你又在哪儿啊？"

她真开始埋怨他了。她也知道自己的语气很咄咄逼人。

"搜查本部的人在跟踪阿部，也有几个人在盯你。我就想，有这么多一课的人在，你肯定出不了事。轮不到我出马。"

袴田的声音嘟嘟囔囔的，很轻。他总是这样，连开口都嫌麻烦。

“保护诱饵不是你的职责吗？不用这么顾虑一课的人吧？”

“不是顾虑。要是得罪了本厅一课，以后的工作就不好办了。所以我才……”

“我差点就没命了啊！可你却想着以后的事儿,这算哪门子搭档啊！”

“你说得够狠的啊……”

“我还没说够呢！我都快气死了！”

“别生气。美人脸都被糟蹋了。”

“我才不是什么美人呢。你为什么不来救我啊！”

“我不是说了嘛，我想有这么多一课的人在肯定出不了事，就没出手。”

“你也太不负责任了吧！”

“不是不负责任，只是对责任的所在比较敏感而已。”

“救我不正是你的责任吗！”

“在本厅收留我之前，我在各个片区的防犯课到处奔波。我告诉你，刑警也是分好几种的。本厅的搜查一课是精英部门，那群人的自尊心很高。要是惹火了他们，绝没有好果子吃。我已经吃够了苦头。”

“还得担心这些吗？”

“是啊。”

“……”

“刑警的地盘意识很强。要是小看这个，吃亏的会是我们。特别被害者部本就受人白眼，没必要再加重他们的反感。”

“我是诱饵哎！关键时刻搭档不来帮忙，我岂不是没法工作吗？”

“别担心。真出事的时候我一定会救你的。”

“这话可不可信啊……”

“我是希望你相信的，”袴田用手指弹去烟灰，“不过，信不信由你。”

“袴田大哥。”

“嗯？”

“别随便弹烟灰。”

“把气撒这上头啦。”袴田苦笑。

山手线的电车来了。车停在站台前方，没有挡住视线。但京滨东北线的车随后驶入，挡住了厕所。

人潮涌动。广播与脚步声相互交织。

“站在山手线的站台，能看到京滨东北线的厕所。但车停在很靠前的地方，没人会在站台尽头上下车。而且京滨东北线的电车进来之后，山手线站台上的人就看不到那个厕所了。电车每隔几分钟一班——”袴田的声音还是那么轻，“我本以为能找到看见可疑人物出入厕所的目击证人，可照这个情形，怕是不太可能啊。”

“可疑人物？”

“嗯。你看，厕所在站台的尽头。除非要上厕所，否则是不会往那儿走的。犯人进厕所时肯定很小心，而且在京滨东北线的站台找目击证人一定很困难。”

“是吗？”

“嗯。上下班高峰的车站本就人多，除非特殊情况，否则乘客是不会记得其他人在做什么的。因为人太多，所以没有目击证人。真够讽刺的。”

“……”

“站在山手线的站台，就能看见京滨东北线的女厕所的入口。要是看见有男人出入女厕所，谁都会起疑心的，也会留下印象。所以我认为——应该在山手线站台找目击证人。只是……”

“山手线这边也不好找吗？”

“是啊。要是山手线的电车停得再靠近涩谷一些，上下车的乘客就有可能看见京滨东北线的厕所了。问题是最后一节车厢的位置也离厕所很远。照这个情形，应该没人看到京滨东北线的厕所。”

“袴田大哥，你一直站在这儿，原来是在研究这些啊？”

“是啊。就算没这些因素，早晚高峰的车站也很难找到目击证人或知情人。等警方采取行动时，人都跑光了。就算留在了现场，也会借口‘我还有工作’，拒绝配合警方。”

志穗对袴田改观了。

他的香烟不是白抽的。他也是在干活的。外表看似老气，可他的里子也许是个可靠的刑警。

“我一直在想，两名被害者为什么要在品川站下车——”

她决定，将买丝袜前想到的事告诉袴田。

“哦？”

袴田叼起一根新的香烟，点上火。

“我猜，也许凶手在车厢里对被害者做了些什么。”

“哦？”

“凶手是不是——色狼啊？”

“……”

“流浪汉袭击我的时候把我的丝袜撕破了，我就去小卖部买了一双，那时我突然想到……女人不得不下车的原因其实挺多的，丝袜破了，或是鞋跟掉了，都得下车处理。”

“碰上色狼也是吗？”

“嗯，要是色狼太难缠，也许会逼得受害者下车。”

“原来如此。不是因为下车遭了殃，而是有不得不下车的原因啊。于是那个色狼就跟着她们来到了品川站——”

“嗯，我就是这么想的。您觉得呢？”

“这么一想的确能解释她们在品川站下车的原因，”袴田点了点头，可随即歪着脑袋说道，“不对啊，如果色狼跟着她们下车了，她们应该会发现的吧？就算车厢里都是人，女人也能猜出是谁干的吧？我听说女人的直觉还是很准的。如果是你，你能发现吗？”

“这……应该能吧……”

“要是那个色狼跟你一起下车，你一定会提心吊胆吧？这种时候怎么会进厕所呢？简直是给坏人创造袭击机会嘛。”

“也许是她们没发现色狼在跟踪吧？”

“有可能。不过我觉得——”

这时，电话响了。

袴田从大衣口袋里掏出手机，按下通话键，叼着香烟说道：“喂，我是袴田。”脸色有些紧张，之后他只是不停地说，“是、是……”却没说一句具体的话。对方说完要说的之后就把电话挂了。香烟从袴田的嘴里掉了下来。

“这下麻烦了，”袴田苦着个脸，将手机塞回口袋，“东京地检的检察官想见你哎。”

“检察官？”

“嗯，东京地检的检察官里有不少对‘诱饵’持否定态度。不是片区汇报的，就是搜查一课的人说的吧。他们跟上头打小报告说，你搞砸了，害得刑警们不得不逮捕不是凶手的人。听到这话，检察官肯定不高兴。于是就让你立刻过去一趟。这下有你受的了。”

“你会陪我一起去的吧？”

“我就算了吧。地检就召了你一个。”

“怎么这样啊——”志穗愤愤不平，“你不是说关键时刻会救我的吗？”

“有吗？我不记得了。”

袴田微微一笑。

那是老练而狡猾的微笑。

2

把北见志穗叫去东京地检的是刑事部“本部事件组”的那矢检察官。

刑事部本部事件组专门负责重大案件，比如警视厅设立了特别搜查本部的杀人案。

本部事件组检察官会在案发后前往现场，指挥各项工作（搜集证据等等），并出席搜查会议。

因此志穗知道那矢检察官长什么样。他大概三十五岁多四十岁不到，给人以精悍能干的印象。

听说检察厅内部本就对科学搜查研究所设立特别被害者部一事大加反对。

因为有不少检察官质疑了诱饵搜查的合法性。

袴田警官说，那矢检察官就是反对派的人。

他从一开始就对特别被害者部参与“品川站过路杀人狂事件”一事颇有微词。

被这位那矢检察官请去“喝茶”，志穗自然紧张。

一位年轻检察官将她带去了那矢检察官的办公室。

他应该是刚结束了司法实习，被分配到地检的新人吧。

虽然称不上美男子，但浓眉大眼的，显得很年轻。只见他带着气呼呼的表情，一言不发地将志穗带进了屋。

——这位检察官也很讨厌特别被害者部吗?

志穗本就提心吊胆,见带路人都这副表情,心里就更是七上八下了。

她来到那矢检察官的办公室。

年轻检察官怒气冲冲地敲了敲门。听到屋里的回答后，他又怒气冲冲地打开了门。

屋里坐着那矢检察官与检察事务官。

“辛苦了，Ogura。”

那矢检察官一说完，年轻检察官就怒气冲冲地低下了头，离开了办公室。

——Ogura？

汉字是“小仓”吗?

志穗寻思着。

他是个能在人心里留下印象的人。

“不好意思麻烦你特地跑一趟。请坐。”

那矢检察官说道。

用词彬彬有礼，语气却很冷淡，看志穗的眼神也很尖锐。

光是这眼神，就把志穗吓得不轻。

“谢谢。”

她的声音都快听不见了。

为什么检察事务官也在？这岂不是审问吗?

那矢检察官好像察觉到了志穗的心思，特地说道：

“你别介意，他不是来写审问记录的。我只是觉得和年轻女性独处不太好，就请他来当个见证——”

换言之，他非常抗拒与志穗进行人与人的对等交流。

打一开始就露出了敌意。

那矢检察官放肆地打量着志穗，问道：

“听说你在车站厕所被一个叫黑木的流浪汉袭击了。我看你好像没受伤——有哪儿疼吗？”

“没有，”志穗摇摇头，“我很好。”

其实她的脚踝还有些疼，但她不想在那矢检察官面前示弱。就算她是个女人，就算她是立场微妙的诱饵搜查官……

不，唯其如此，她更不肯轻易示弱。

“是嘛，”那矢检察官点点头，“黑木被紧急逮捕了，现在被关在片区警署里。但我不准备拘留他，也不打算起诉他。我已经下达了释放他的指示。他被抓了个现行，又是居无定所的流浪汉，喝得烂醉，还是初犯，照理说是要拘留的，但我不得不放了他。你知道这是为什么吗？”

“不知道……”

“要立案，就得证明‘没有这件事就不会有那件事’。也就是说，检察官得证明犯罪案件的原因与结果。而这次的原因是被害者的过度挑逗，也就是说，在这起案件中，被害者称得上是共犯。”

“过度挑逗？”志穗惊愕不已，“我没做过那种事啊。”

“怎么没有。黑木都说了，正因为你穿得太暴露，他才会色心大起。他从没袭击过其他女人。这是他第一次犯事。现场的警员也说你的穿着非常挑逗，实在太不合适了。”

“是谁说的啊？井原警官吗？”

“谁说的并不重要。关键是，你在这起案件中不仅仅是被害者，更是共犯。”

那矢检察官不分青红皂白地控诉，让志穗气不打一处来。

“我不服，”她实在气不过，便反驳道，“这也太荒唐了。”

检察事务官讶然抬头。

志穗胆小如鼠，却总是不甘示弱。明明怕得要死，却无法忍耐不讲道理的事。学生时代，她也经常这么顶撞老师。踏上社会之后也没变。她无法敷衍了事，天生容易吃亏。

“怎么荒唐了？”

那矢检察官面露凶光。

“我差点就被他侵犯了。他还对我用了暴力。这是无可争议的事实。至于要不要起诉那个黑木，下判断的是您，我也不打算提出异议，但您居然把险些被侵犯的人称作共犯，这也太不讲理了吧？”

“我也没打算让你服气。我是负责这件案子的检察官，叫你来，只是把我的决定通知你而已。我压根就没征求你的意见。”

志穗咬紧下唇。

这就是根深蒂固的男性社会的逻辑——女人之所以被男人袭击，是因为她们给了男人可乘之机。女人明明是被害者，却不得不为案件负上一定的责任。很多人就是因为受不了这个，才打碎牙齿往肚子里吞的。

就任诱饵搜查官时，她就做好了受委屈的思想准备。没想到第一天上班，本部事件组的检察官就给她上了一课。

“诱饵搜查，就是调查机关使用欺骗的手段，给嫌疑人下套，引诱他犯罪，这种调查手法能否得到国民的认可还有待商榷，检察厅对此也是各执一词。以前只有贩毒和卖淫案件才会用到这种手法——”那矢检察官居高临下地说着，这话听着之所以那么文绉绉，是因为他直接引用了刑事诉讼法的条款，“任用专业的诱饵搜查官简直岂有此理。检察官大都不承认特别被害者部。这分明是违反毒品·精神病治疗药物取缔法第五十八条的啊。为什么科搜研会搞出这种部门来——”

志穗沉默了。

她几乎快把下唇咬出血了。一开口，也许就会大喊大叫。

这分明是找碴儿。检察官才不会这么向调查官了解情况呢。

好不甘心啊。

她早就听说东京地检中有不少人反对设立特别被害者部。可她万万没有想到，竟会有人表现出如此露骨的敌意。

“怎么了？怎么不吭声了？你是瞧不起我们检察官吗？”

那矢检察官开始仗势欺人时——

房门突然开了。一名男子走了进来。

“那矢啊，你这招也太阴险了吧，”男子说道，“要是你对特别被害者部有意见，就直接来找我啊，别为难我的部下嘛。”

那人的声音低沉而平静，却饱含怒气。

事务官几乎站起身，浑身僵硬。

那矢检察官一时间也没反应过来。

来人正是志穗的上司，特别被害者部的部长——

远藤慎一郎。

3

远藤慎一郎，三十四岁，主攻犯罪心理学。

他在T大研究生院拿到硕士学位后前往剑桥大学留学，取得了傲人的成果。回国后，他回到母校，成了副教授。

因为他专攻犯罪心理学，所以和警视厅·科学搜查研究所，尤其是心理研究室、教导研究室、环境研究室有了密切的联系。

这当然是因为远藤是首屈一指的犯罪心理学专家，但远藤家的家世也帮了他不少忙。

远藤家是著名的司法名门，历史能追溯到二战前，检察官、法官、律师辈出。

远藤的父亲是高等检察厅的检察长，叔父则是东京律师会的会长。要是算上在法务省工作的亲戚，远藤家几乎称得上司法界的人才宝库。

研究犯罪心理学的远藤慎一郎，算是剑走偏锋。

但他终究是远藤家的人，特别擅长异常犯罪案件的心理分析。因此他曾（以非正式顾问的形式）协助过科搜研，解决过好几起疑难案件。

就算他的靠山再牛，要不是他有本事，区区一个普通市民也不可能赢得科搜研的信赖。

远藤慎一郎最关注的是“被害者学”。

所谓“被害者学”，就是用经验科学的手法分析现实中发生的案件，分析罪犯与被害者之间的人性纠葛。

不光要研究罪犯，还要分析被害者的心理。如此一来，就能对刑事司法政策的改进做出贡献。

在犯罪心理学方面，西欧要比日本先进得多，但“被害者学”是一个比较新的领域。因此在这个方面，日本研究者有足够的实力迎头赶上。

远藤慎一郎四方奔走，终于设立了这个“特别被害者部”，作为科学搜查研究所的外围研究团体。

设立“特别被害者部”的初衷是尽量搜集案件样本，以充实“被害者学”的数据。

然而，“特别被害者部”并没有停留在科搜研外围团体的层面上。

只要将“被害者学”运用在实际案件中，就能推测出该案件中最理想的被害者的形象。

在所谓的过路杀人狂案件中，如果能用最理想的被害者引诱犯人，在他作案时当场逮捕，岂不是皆大欢喜吗?

分析犯人的性格、性癖、嗜好、行为模式……通过分析结果，推测出对犯人而言最理想的被害者。

接着，只要设定一个扮演理想受害者的诱饵，就能轻而易举地引蛇出洞了。

于是特别被害者部就与科搜研的心理研究室、教导研究室、环境研究室通力合作，将诱饵搜查官制度引入犯罪搜查。

这件事之所以能办成，自然离不开远藤慎一郎的亲戚在司法界的巨大影响力。

换言之，这事靠的是远藤慎一郎的政治力量。

然而，东京地检的自由主义派检察官们对诱饵搜查的合法性持质疑态度。

虽然其中不乏对远藤家的反感，但诱饵搜查的合法性的确引发了检察厅内部的讨论。

“本部事件组”的那矢检察官，属于“诱饵搜查反对派”。

在“品川站过路杀人狂事件”中引进诱饵搜查定是让他苦不堪言。

这下可好，诱饵搜查把与案件无关的人变成了罪犯。他认定，这是特别被害者部的巨大过失。

于是他想趁此机会，向诱饵搜查官施压，不料特别被害者部的负责人远藤慎一郎特地跑来了东京地检……

“如果你对特别被害者部有意见，请直接向科学搜查研究所反映，不要再向搜查官施压了——”远藤慎一郎胸有成竹地说道，语气依旧冷静，就算对方是检察官也没有让步的意思，“而且决定在这起案件中引进诱饵搜查的是法务省。地检不分青红皂白地抗议，是不是有些不合情理啊？”

与远藤相比，那矢检察官就没那么有魄力了。毕竟远藤的父亲是最高级别的检察官——高检检察长。他会被远藤压着打也是在所难免。

“身为‘本部事件组’的检察官，我有权指挥搜查本部。无论法务省做了什么决定，只要我认为那个决定有碍调查的正常进行，我就有权利提出改进意见……”

他的声音显得很没底气。

“那你可以直接发公文向法务省内阁法制局抗议。你可以把‘诱饵搜查是否违法’上升到宪法争论的高度。反正我也做好了应对质疑的准备。你再有气，也不能撒在第一线的搜查官身上啊。”

那矢检察官心有不甘地咬着嘴唇，转过头去。

远藤望向志穗，用一如既往的温柔声音说道：“去吧”。

“嗯！”

志穗中气十足地答道。

远藤的贴心，让她感激涕零。如果他不是上司，如果这儿没有别人，她早就扑进他怀里了。

她对远藤的私生活一无所知，只知道他还没成家。没有比他更可靠的上司了，不是吗？

“让你受委屈啦——”从那矢检察官的办公室里出来之后，远藤如此安慰道，“要是我再早点来就好了，可我很晚才接到消息。对不起啊。”

“没事，我不在乎。反正我很迟钝的，他说啥我都没感觉。”

“我说的不光是检察官……”

远藤含糊其词，扬起下巴指了指走廊尽头。

志穗身子一僵。

流浪汉黑木就站在她眼前。他比刚才清醒多了，蜷缩着硕大的身子，无精打采。

黑木卑微地低下头说道：

“实在对不起，刚才我喝醉了酒……真不知道该怎么跟您道歉才好……托您的福，警察已经把我放出来了，我一定会吸取教训，再也不乱喝酒了。对不起……”

志穗无法回答。

被黑木袭击的恐惧，在她心中留下了疙瘩。任黑木如何道歉，她都无法释怀。

“我也不能拜托你原谅他，不过——”远藤打了个圆场，苦笑道，“怎么说呢，黑木先生给我们带来了值得一听的情报。”

“值得一听的情报？”

志穗望向远藤问道。

“嗯，”远藤点头说道，“黑木先生说，他知道杀死深山律子和桧垣惠子的人是谁……”

❄

本厅干部会议

1

早晨——

六点三十分。

邮递员将报纸塞进门旁的邮箱里。

“咚。”

每天早上，她都是被这个声音吵醒的。

躺在地毯上的小杰“嗖”地起身，走到床边，舔她的脸。

没法继续睡了。

她钻出被窝，第一件事就是拉开窗帘。

外头是个跟一张榻榻米差不多大的小阳台。

她总会把衣服晾在那儿。

年轻女人独居。

晾内衣时,她总会多加小心,还会特意买来男式内裤,一块儿晾出去。

但她的内衣还是会被偷走。

最近几周，她每次收衣服时都会发现内裤少了两三条。

她长叹一声。

今早的内裤又少了，丢的还是她特别喜欢的一条。

她住的是公寓楼里的一室户。

阳台面朝停车场。

一到晚上，停车场就没人出入了。

虽说是二楼，可这年头的公寓楼的层高都很低，从停车场爬上二楼阳台并不是难事。

可是……

这人够有恒心的啊。

她不得不感叹。

她总是在入夜后把衣服晾出去，一大早收进来，但内衣还是会在这几小时里失踪。气死人了。

那一定是个对女人的内衣有病态执着的人。

话说回来，为什么倒霉的总是我啊?

——总是这样。

太可恶了。

从上小学时开始的。

上个补习班吧，晚上放学回家时会被男人盯上。坐个电车吧，会被色狼搂腰。去便利店打工吧，店长还想玩潜规则。还在夜晚的公园碰上过裸着下半身的年轻男人。被偷走的内裤至少上百条。

为什么倒霉的总是我？她的打扮算不上花枝招展，妆也不是很浓。更何况她从没故意吸引过男人的注意（除非对方是她喜欢的人）。

她在言谈举止上倍加小心，可总是会被气喘吁吁的男人追着跑。

学生时代的朋友如是说……

——志穗超“妖媚”的啦。怎么说呢，是男人很喜欢的类型？就是这种感觉吧。

——开什么玩笑。我哪里妖媚了啊。

——你自己不知道的啦。有什么关系嘛，受欢迎不是挺好的，我羡慕都来不及呢。

——好什么啊……

志穗很是愤慨。

那位朋友太不负责任，也太肤浅了。根本没法跟她谈心。

总被男人追着跑的生活是多么烦人——只有她才知道个中的艰辛。

她本不想来东京上大学。她很喜欢自己的故乡小樽，可能的话，也想去札幌上大学。

然而，她的梦碎了。

远房亲戚家的大学生对她发起了热烈的追求，末了居然守在她的放学路上，趁着天黑，想把她拖进公园施暴。她使出母亲传授的脚法，踢中那人的要害，好容易躲过一劫。但一想到那大学生会一直这么缠着她，她就受不了了。于是她打定主意，要考东京的大学。

上大学后，她交了个男朋友。

男朋友很老实，但不会老实过头。高高大大的，打扮也很时髦，跟他在一起度过的时间总是很快乐。

大三那年，他们同居了。但不到半年，两人便劳燕分飞。

——我能感觉到，你并没有对我完全敞开心扉。你心底里好像在怕我。我实在忍不了了。

分手时，对方是这么说的。这句话，伤透了她的心。

——什么嘛，不想在一起了就直说啊。

当时她是这么反驳的。但对方说的并没有错。

志穗心里的确有着对男人的恐惧，从小被男人纠缠的厌恶感仍牢牢扎根在她心中。所以她无法敞开心扉，与男人接触。

前男友离开之后，她仍住在两人同居过的地方。

那就是这间公寓。门口还挂着前男友的名牌，美其名曰辟邪符。也许她还没完全释怀吧。

她忽然想起昨天见到的那位年轻检察官，小仓。

刚见面时她还没反应过来，可现在想起来了。那双浓眉，和她的前男友很像。

那人看上去沉默寡言，踏实认真。她就喜欢这样的。

可是……

我受够男人了。

远藤慎一郎的面容掠过脑海。

——我受够了，至少最近不会再碰男人了。

她赶忙在脑海中订正。

志穗是文学部的学生，从大三开始专攻犯罪心理学。

她的老师正是远藤慎一郎。

她对“被害者学”特别感兴趣。因为她发现，自己正是最典型的被害者。

无论她身在何地，做了些什么，男人们都会对她苦苦纠缠。志穗明明没有意思，可男人们会去握她的手，企图强吻她。还有人想抱住她，推倒她。

志穗的日子过得提心吊胆。时刻放松不得。她还以为，男人们之所以缠着她，是因为她有可乘之机。她甚至为此产生了负罪感……

然而——

她终于对这样的自己忍无可忍了。

前男友对畏惧男人的志穗失去了耐心，逃之夭夭。

为什么志穗非得安于被害者的立场?

——我没做过坏事。为什么要受这种罪？我不想再当被害者了！

志穗想要的是变化。

她坚信自己必须脱胎换骨，否则就无法过上幸福的日子。

就在这时，她看见了校内告示牌上的大学报——

科学搜查研究所新设立了一个外围研究团体，叫“特别被害者部”。远藤副教授是该团体的负责人。

“特别被害者部”在招女员工。

尤其欢迎对心理学，特别是对“被害者学”感兴趣的女性。

工资与劳动条件也不错。

她正巧撞上了所谓的“就业冰河期”，当时愿意要本科女毕业生的企业非常少。

志穗决定，去参加特别被害者部的入职考试。

在数百位应征者中，有七位年轻女性拿到了试用 OFFER。

志穗也是其中之一。

她简直不敢相信自己能从如此激烈的竞争中脱颖而出。她心想，我真是太走运了。

但这并不是运气。

远藤要找的是“与生俱来的被害者”。他要的是能当诱饵搜查官，吸引罪犯注意力的人。

而志穗刚巧符合了他的条件。

从大四那年暑假开始，她以旁听生的身份去警校学习了半年。试用者中的三个因不符合诱饵搜查官的要求被刷下。志穗则被正式录用了。

从警校毕业之后，她又去本厅接受了半年的搜查讲习。合气道与逮捕术的实践训练很辛苦，但她熬过去了。

期间又有两人掉队。最终只有志穗和早濑水树成了正式的女性诱饵搜查官。

她拥有与巡查同等的资格，成了准公务员。

志穗已经不是对男人的身影草木皆兵的典型被害者了。不，也许她仍是典型被害者，但她巧妙利用了自己的“弱点”，成了能逮捕犯罪分子的诱饵搜查官。

然而……

再有干劲，衣架上的内裤还是接二连三地不翼而飞。空有干劲又有何用。

真郁闷。不过，志穗的早晨总是很忙碌。

没工夫哀悼丢失的内裤了。她得洗漱，收拾收拾。而且，诱饵搜查官的工作很费体力，早饭必须吃个饱。

这两天房东旅游去了，她还得照顾房东的狗，是一条阿富汗猎犬——小杰。

这条狗很黏人。不知为何，比起主人，它和志穗更亲。房东不在家时，志穗会把小杰接来照顾。而它很会撒娇，一大早就哼哼着蹭了上来。所以志穗还得为小杰准备食物。

平时她忙着忙着，就能忘记那烦人的内衣小偷了。

不过今天例外。

昨天被那矢检察官骂了一顿，搞得她斗志昂扬。

——气死人了。就没有吓唬吓唬内衣小偷的法子吗？

她开始思考这个问题了。

总而言之，志穗很愤慨。

就在她忙得不可开交时，电话响了。

“喂？”

她接起电话。

“是我，袴田。”

轻声的嘟囔传来。

“啊，袴田大哥，早上好。”

“听说你昨天被那矢检察官骂了一顿？受委屈了吧？”

“哼，我再也不指望你了！都不来帮帮我！”

“我去有什么用啊。检察官岂是我能对付得了的。部长不是过去救场了吗？我心想你过去准没好事儿，就给部长打了个小报告。”

“哦，是这样啊？”志穗反唇相讥，“袴田大哥好体贴哦。”

“哟，一大早的也不积点口德——”袴田笑了笑，随即用严肃的口吻说道，“今天不去片区警署了，直接去本厅。说是让我们参加本厅的干部会议。当然部长也会去的。”

“干部会议？为什么啊？”

“天知道。八成是部长安排的吧。袭击你的那个流浪汉，黑木，他有真凶的线索。这事儿你应该知道吧？”

“嗯，但我没听说详细情况。”

“也许是要用诱饵对付新的嫌疑人吧。这下又要特别被害者部出场了。干部会议就是用来讨论这件事的吧。这回我一定会让你看看我有多么可靠。”

“哇，人家好期待哦——”志穗用撒娇的声音说道，“大叔，就靠你啦。”

“干部会议从九点开始。别迟到哦。”

袴田没有理会志穗的讽刺，交代完就把电话挂了。

我自岿然不动，爱耍滑头的袴田刑警，碰上本厅的干部会议也会紧张的吧。

想到这儿，志穗也紧张得浑身发抖。

2

上午九点，本厅干部会议准时开始。

将近二十个与会者围坐一圈，但志穗认识的人屈指可数。

本厅搜查一课六组组长，井原主任，还有另一个主任。管理官，课长，片区防犯课组长，那矢检察官……她在搜查本部的会议上见过这些人，好容易把长相和名字对上号。

但其他人都是初次见面，也没人给她介绍。

特别被害者部的代表是远藤、袴田及志穗。

首先有人宣读了司法解剖的验尸报告和鉴识课的报告书。

这个步骤与普通搜查会议一样。

桧垣惠子和深山律子都是被人从身后用绳状物体勒死的。

颈部留有清晰的勒痕，前颈部还有细线状的表皮剥离。

被勒住脖子的人非常痛苦，他们尝试用手松开绳子时就会留下这种伤痕。

根据勒痕的强弱，监察医推测犯人将绳子的一头固定在被害者颈部的左后侧，再用右手迅速绕一圈，一口气勒紧。从这一点也能看出犯人很习惯用绳子——这就是鉴识课给出的参考意见。

绳子为一到一点五厘米宽，非常粗。但被害者颈部没有发现纤维等遗留物，无法推测绳子的种类。

第一位牺牲者桧垣惠子失禁的尿液出现在厕所洗脸台前的地面上。由此可见，被害者是在洗脸台洗手或干其他事情的时候遇袭的。之后凶手勒着她的脖子，将她拽进了单间。

女人在车站上厕所时不可能不锁门。恐怕凶手也用同样的方法将深山律子拽进单间，活活勒死。

只是案发现场毕竟是厕所，认定地板上的尿液一定是桧垣惠子的未免有些武断，必须进一步检验。

足迹鉴定并没有取得多大成果。

如果能在女厕所中找到男人的脚印，那就几乎可以断定，那人就是凶手。而且警方还能根据脚的尺寸推测出凶手的身高。如果脚底有伤痕，还能成为逮捕犯人时的重要物证。

遗憾的是，桥上厕所和第二站台厕所的案件发生后不久，车站保洁员就进去打扫了。因此地板上的脚印大多被擦去了。

警方仍在用紫外线、红外线进行着足迹鉴定，但这条线怕是指望不上了。

毕竟案发现场非常特殊，指纹可谓不计其数。

鉴识人员尽可能采集了厕所中的指纹，与警视厅保管的指纹档案进行比对。如果发现有前科的人，就会对那人进行重点调查。但目前还没有收到这方面的消息。

那深山律子大衣上的精液呢？检测结果是“分泌型 B”，但就此断定凶手的血型实在太过危险。

深山律子虽然没有成家，但有好几个男性朋友，也和其中的几个有过肉体关系。被害者大衣上的精液是多久前附着上去的？鉴识人员无法给出明确的答案。无法锁定时间，就无法断定那是犯人的，还是其他男朋友的。

在强奸案中，被害者的嘴唇、乳房与外阴周围常会留下犯人的唾液。因此警方可以通过唾液鉴定犯人的血型。

如果精液与唾液的血型一致，就能断定犯人的血型了。但两位被害者身上都没有发现唾液……

“也就是说，解剖结果和鉴识报告都没有提供锁定犯人的有力证据——”

搜查一课的组长如此说道，这也是干部会议的结论。

3

一瞬间，会场被沉默所笼罩。

“我们已确定保洁员阿部与本案无关，但同时发现了一名新的嫌疑人——”井原主任翻开记事本，缓缓念道，“呃，嫌疑人名叫古田隆义，五十三岁，在博多的一家叫‘奈斯’的食品公司工作，被派来东京长期出差。家人没跟来。奈斯主要做明太子生意，为了进军东京市场，在涩谷 S 百货的地下食品卖场开了个柜台。古田是营业扩张课课长，东京的业务由他一手负责。换言之，他是所谓的冲锋队队长。其他员工都是请来的临时工，只有他一个是奈斯的正式员工。所以他算是在孤军奋战吧。”

在井原介绍的时候，每个人都拿到了一个信封。

打开信封一看，里面装着古田隆义的简历与照片。

古田一家四口住在博多，但他现在独自住在京滨急行线的鲛洲站附近，妻子和两个孩子则留在博多没跟来。

那张照片好像是偷拍的。

古田体格健壮，头发掉得一根不剩，看上去精力充沛。

给人以非常能干的印象。他穿着西装领带，手里却提着个大号垃圾袋，显得分外落寞。

大概是想在上班路上顺手扔个垃圾吧。

这一幕，被警员偷拍到了……

“这种男人可能干了，绝对御女无数啊——”

有人开了句不入流的玩笑。

众人奸笑起来。

“那么这个古田是从哪儿冒出来的呢？请大家听我慢慢解释，”井原清了清嗓子，大声说道，“众所周知，很多百货商店都是周二关门休息。S百货也是如此。所以古田也是每周二放假。而上上周二，古田曾在品川站被警察问过话。为什么呢？因为有几个上学路上的女高中生说，古田在车站里一直跟着她们——”

“在车站跟踪女高中生？他到底干什么了？”

一课组长问道。

“不，他好像什么都没干。他本人死不承认，而且身份也很可靠，警官就随便记了两笔，放他回去了。那群告状的女高中生……是所谓的‘小辣妹’。所以警官也觉得不能听信单方面的证词吧。”

“那警官问话的时候总会有个印象吧？他是怎么说的？”

“他说古田说的应该是真话。古田的确跟着女学生走了一段，但他只是跟着而已，并不打算对她们做什么。跟踪也是一时糊涂。被警察拦住之后，他还吓得浑身发抖……”

“警官应该查过他有没有前科吧？”

“查过，他没有前科。”

“原来如此，难怪他会判断古田犯案的可能性很低。”

“就是这么回事。但请大家注意，这件事发生在上上周的星期二。桧垣惠子是上周二遇害的，而深山律子是这周二遇害的……也就是说，这起案件的犯人总会选择周二下手。我刚才也说了，百货商店点是周二休息——”

“周二放假的人多了去了。我们不能因为古田在上上周二纠缠过女高中生，就断定古田是嫌疑犯啊。”

管理官插嘴道。

“您说得没错，但我们还得到了一条有力证词。怎么说呢，这也算因祸得福吧，昨天袭击了诱饵搜查官的流浪汉黑木碰巧给我们提供了一条情报——”

井原瞥了志穗一眼。

因祸得福。这个词，再加上冰冷的视线。他还是看志穗不顺眼。

志穗的表情有些僵硬。

“那个流浪汉说，常有男人潜伏在品川站的女厕所里。流浪汉们经常去车站上厕所，对这些事了解得很清楚。最近黑木还和另外几个流浪汉一起抓住了那个变态——”

“什么？抓住了？”

管理官一脸疑惑。

“他们在出站口守株待兔，好几个人一起上，好好‘教育’了那人一顿。说白了就是恐吓了他。对方的本职工作越是正经，就越不好意思让‘躲在车站女厕所里’的事见光。怕东窗事发，就只能给钱了。当时黑木他们问那人要了名片，确认了他的名字。那人名叫——”

“古田？”

某人用亢奋的声音说道。

“没错，”井原点头，“正是古田。黑木还记得他的名片上写着‘S百货店’。大家拿到的照片是今天早上拍的，还没给黑木看过。我今天就派人去找他确认。”

“这人真是凶手吗……”

有人嘟囔了一句。

干部们也再次打量起了照片上的男人。

“我终于明白了，难怪——”片区的刑事部长大声说道，“桥上厕所和第二站台厕所都是不太引人注目的地方，但那毕竟是品川站的厕所啊。要是看见有男人跟着女人进去，肯定会有人注意到的。我们派了好多人去调查，却没有找到一个目击证人。这怎么可能呢，所以我一直觉得很奇怪。”

“原来如此，是这么回事啊……”有人喃喃道。

刑事部长续道：“没错，不是‘男人跟着女人进去’，而是‘男人事先躲在了女厕所里’。这样就能在不引人瞩目的情况下进女厕所了。”

——真是这样吗？

志穗扪心自问。

桧垣惠子、深山律子……两位被害者非常相像。长发，纤弱，戴着耳钉。从这两名被害者就能看出凶手的口味。至少，他不是“什么人都上”的。

林子大了什么鸟都有，喜欢躲在女厕所的人也是有的吧。

在他躲在女厕所里时，碰巧有合他口味的女人走进来——

这种巧合，真会发生两次吗？

志穗很是疑惑，然而——

干部们非常激动，完全容不得别人提出疑问。

志穗他们本就是“局外人”，要是多管闲事，破坏了会议的气氛，天知道刑警们会怎么对付她。

志穗只得隐忍。

那矢检察官坐在长桌的尽头，旁边有个小老头，之前他一直默不吭声，可这时他突然开口了。

“远藤，你有什么高见啊？——”

“嗯……”远藤点了点头，寻思道，“目前我们特别被害者部并没有太多意见。”

“那你觉得这个古田怎么样？”

“现阶段数据还不够充分，我实在不好下判断……”远藤的用词非常谨慎，“单身出差的中老年男性常会出现类似拘禁神经衰弱的神经不稳定状态。他们觉得自己被关起来了，必须找个地方发泄。这个发泄，也可能是强暴。”

“也就是说这人可能是凶手是吧。”

“我只能说，不是没有这个可能。”

“你们特别被害者部真的没有任何意见吗？”

“目前没有。”

远藤摇了摇头。

她对远藤的态度颇有微词。

犯人在电车里用某种行为与被害者有了接触。被害者为了躲避，在品川站中途下车。犯人也跟了下来，在女厕所行凶……

志穗将她的推测告诉了远藤。

远藤并没有就此发表意见，但至少没有表示出反对。

那他为什么不在会上发表她的推理呢？

志穗望向袴田。

袴田皱了皱眉，又摇了摇头，仿佛在说，别多嘴。

袴田并不完全赞成志穗的推理。

——如果女人在电车里碰上色狼，无论车里多挤，她都能猜到色狼是谁吧？

这就是袴田反对的理由。

要是色狼跟着受害女子下车，她不可能注意不到。明知有人跟踪，却走进危机四伏的厕所，这不是很不自然吗？

志穗轻叹一口气。

恐怕远藤也有跟袴田同样的疑问，所以判断这个推理没有在干部会议上披露的价值。

“鉴识人员在两个案发现场采集了大量指纹。也许能在里头发现古田的。但就算能找到指纹，也只能证明古田有溜进女厕所偷窥的性癖，而这不可能成为杀人的直接证据。因为那只能证明古田进过厕所——”老头平静地说道，“血型也是如此。就算古田的血型也是分泌型B，也不能依此判定古田是凶手。因为日本有无数分泌型B型血的人。总而言之，无论是指纹还是血型，都不是能支持庭审的证据。”

“要不从不在场证明入手？”

那矢检察官问道。

他的声音近乎神经质了，流露出焦躁不安。

“肯定没不在场证明吧。没有又如何？古田是从福冈派来的，一个人住，案发当天又是他的休息天。没有不在场证明不是理所当然的吗。我们只剩下最后一个方法了。”

“使不得啊，总检察官！我坚决反对这种做法——”

有人斩钉截铁地打断了那矢检察官的惨叫。

“好，我们特别被害者部将奉命进行诱饵搜查。”

远藤中气十足地说道。

另案逮捕

1

鲑鱼便当、速食味噌汤、小杯沙拉、杯面、乌龙茶、干电池、牙膏、剃刀的替换刀头，还有两本周刊……

古田隆义在便利店买了这些东西。

回房之后，他会独自吃便利店的便当，泡个味噌汤，喝罐装乌龙茶。试想一下，那是何等冷清的光景啊。

古田的公寓走去鲛洲站约二十分钟。

半路上有个便利店。

S 百货七点半关门。收拾完柜台，算完账之后就八点多了。

之后，他会从涩谷坐山手线来到品川，再换成京滨急行线。

鲛洲离品川只有四站，但一路上还得走不少路，所以他到家时总是九点过后。每天都是如此。不在便利店买点东西，肯定吃不上晚饭。

然而，正因为古田体型壮硕，在便利店买晚饭的模样才显得特别寂寥。

——好可怜啊。

志穗忽然间如此觉得。

——不。也许就是这个可怜的男人，杀死了那两个无辜的女人。

她只能如此鼓舞自己。

这三天里，她一直在跟踪古田上下班。

说是“跟踪”，可古田上下班时从没绕过路。

古田并不年轻。

在百货店卖食品得一直站着，非常累。家人又没跟来，附近也没有能陪他喝个小酒的朋友吧。

单调如一的孤独日子。志穗跟踪了三天，却颗粒无收。

不过志穗并不会因此气馁。

她并不是以搜查官的身份跟踪古田的。周二才是引诱他的日子。

这两天算是“彩排”。

她只是想在出任务之前亲眼看看古田是个什么样的男人，会被什么样的女人吸引而已。

然而——

她无法从两点一线的古田身上看出任何端倪。古田到底是个什么样的人？天知道。

志穗能感觉到的，只有五十多岁的男人独自生活的冷清。

她装作在杂志架旁翻书的样子，用眼角的余光瞄着古田。

可她并没有必要这么做，反正他今晚也会像昨晚那样，直接回家。

看到四楼的灯亮起之后，志穗就能回家了……

不过，志穗猜错了，今晚的情况不太一样。

“你们几个别站在那儿，太挡路了！”

是古田的怒吼。

志穗回头一看。

几个女高中生正聚在收银台前。有穿校服的，也有穿着便装的。她们打扮入时，都染了头发，但算不上不良少女。

“你们不知道站在这儿会碍到别人吗？！”

女高中生们站在收银台附近，的确会妨碍别人付钱。但他完全可以轻轻说一句，麻烦让一下，何必大吼大叫呢。

女高中生们被突如其来的斥责吓得呆若木鸡。

“你们几个，这么晚了，还在外面乱跑，像什么样子。女学生怎么能大半夜的在外头乱晃呢！你们的父母该有多担心啊——”

古田真发火了，气得满脸通红。

“干吗啊，关你屁事。”

“怪老头。”

“蠢货。”

女高中生们撂下狠话，一个接一个离开了便利店。

古田站在收银台前，瞪着那群女高中生的背影。他好像还在气头上，浑身瑟瑟发抖。

四楼房间的灯又亮了。

志穗仰望灯光。

从公寓的结构看，那应该是间一室户。

古田在那狭窄的房间里，孤零零地吃着便利店的便当吗?

她能想象出那幕光景。

突然，背后有人说道：“古田好像回去了呢。”

是袴田。

他缩了缩肩膀，叼着香烟，从后方的树丛中走了出来。

“啊，袴田大哥……”

“你怎么了？在发呆吗？”

“不是啦一”志穗含糊其词，“话说古田是不是有两个孩子啊？”

“是啊，儿子上大学了，女儿在念高中。怎么了？”

“在念高中啊……”志穗歪着脑袋说道，“袴田大哥，你能不能打个电话去博多的警局，问问古田的孩子有没有不良行为的前科啊？”

“能是能，可你问这个干吗？你在想什么啊？”

“不是有人说古田在品川跟踪女高中生吗？我在想，也许是我们误会他了。”

“误会？怎么说？”

“刚才他去便利店的时候狠狠教训了一群女高中生，说这么晚了在外头瞎晃悠，她们的父母该有多担心啊——”

袴田目不转睛地盯着志穗，点头说道：

“原来如此，是这么回事啊……话说在品川被他跟踪的那几个女高中生也不是正经姑娘。井原不是说她们是所谓的‘小辣妹’吗——”

“在便利店的那几个女孩也是那种感觉。虽然算不上不良少女，但也不太正经的。”

“他是担心留在博多的女儿啊。看到和女儿年龄相仿的姑娘打扮得那么不三不四，他就忍不住去提醒了。”

“所以我才想知道他女儿有没有不良行为的前科。他是个父亲啊，肯定很担心女儿。”

“都怪那个古田‘长’得太不凑巧了，是秃顶，又显得很精力充沛，一副色相。这种中年男人跟女高中生搭话，谁都会怀疑他有色心的——”袴田呵呵一笑，随即摆出严肃的表情说道，“那他溜进车站女厕所的事要怎么解释？总不是候在厕所，等女高中生进来了再教育她们改邪归正吧？”

“古田到底有没有溜进女厕所啊……”

“哦？此话怎讲？”

“我想去见见黑木。袴田大哥，能陪我一起去吗？”

2

从品川站东口出站，往南边的天王洲桥方向走。

走一会儿，就能看到一座紧邻高滨运河的小公园。

公园旁边是中央批发市场鲜肉部的广阔场地，到了晚上几乎空无一人。

马路上有路灯，但公园里很昏暗。

公园的一角有几个用纸板做成的帐篷。

这座公园是流浪汉们的聚居地。

黑木也住在这儿。

袴田弯下腰，对着帐篷说道："黑木先生，你在吗？"

沙沙沙……

一个人影从帐篷里爬了出来。

志穗躲在袴田背后，蜷缩着。

被黑木袭击时的恐惧仍未退去，就算知道清醒时的黑木很老实，她也无法保持平静。

然而——

"黑木不在哦。"

从帐篷里爬出来的并不是黑木。

而是负责"品川站过路杀人狂事件"的片区刑警。

志穗不知道他叫啥，但认得那张脸。

总是叼着牙签，发出“嘶嘶”响声的男人。就没见过他不叼牙签时的样子。

他身后又爬出一个戴着墨镜的男人，也是片区刑警。

“哟，这不是特别被害者部的袴田警官嘛——”牙签刑警将重音放在“特别被害者部”上，“怎么了？大半夜的，找老黑什么事儿啊？”

“哦，没什么，只是有些问题要问他而已……”

“特别被害者部不是专搞诱饵搜查的吗？难道你们把调查工作交给我们不放心吗？”

牙签刑警如此说道，又将头转向墨镜刑警，征求他的同意。墨镜没吭声。

“我们也很不容易的好不好，被本厅的家伙呼来喝去，还要被特别被害者部的袴田警官横插一脚……”

“我不是那个意思，我们只是来问几个问题而已。别说那么狠行不行啊，我们也不想碍你们的事。”

袴田将姿态放得很低，几乎称得上谦卑了。

警界是严格的等级社会。袴田年纪不小，但级别跟这两位刑警一样是巡查部长，所以没法在他们面前耀武扬威。

袴田说，之所以升不上去是因为他“太懒了”。可他从没考过升级考试，不知是他真的太懒，还是无能。他在各个警署的防犯课颠沛流离，好容易进了本厅，却被派到了特别被害者部。

就算特别被害者部加入了搜查本部，可它终究是拖油瓶，没有一个警员会将它放在眼里。

“不好意思，你们现在没法找老黑问话——”这不，看着袴田的牙签毫不掩饰轻蔑的神色，“他要在我们警署过夜。”

“过夜？我怎么没听说过这事啊。难道他被拘留了？”

“没错。”

“为什么啊？”

“为什么？当然是因为拘留申请被批准了啊。”

“是那矢检察官申请的吗？这也太扯了！”志穗惊讶不已，一不小心插了一句，“那矢检察官还说，都怪我害得他没法起诉拘留黑木，还把特别被害者部狠狠数落了一顿呢。”

“这回的罪名不一样。”

“什么罪名啊？”

“勒索。”

“……”

“你们也知道吧？老黑知道古田溜进了车站女厕所，就勒索了他。虽然没要多少钱是吧……”

牙签瞥了墨镜一样，再次征求他的同意。墨镜默默点头，从大衣口袋里掏出一个塑料袋，里头装着名片。

“这是我们在他的帐篷里发现的，古田的名片，是老黑勒索古田的证据。”

“什么证据不证据的，谁不知道他勒索过古田啊。这又不是什么重罪，不是说要网开一面了吗？”

“我可没听说。这是检察官定的，我们只是奉命办事——”

牙签奸笑两声。

“能不能让我们见见黑木啊？”

袴田微笑着，客气地问道。

“天知道，你还是去问本厅的井原吧，老黑是他在审。”

“井原主任啊，我跟他不太合得来，片区能不能帮我们行个方便啊？”

“那可不行。凭什么让我们帮特别被害者部的忙啊，”牙签将色迷迷的眼神投向志穗，“除非你让我跟这位小姐约个会什么的。”

一直没吱声的墨镜嘟囔了一句。

“别说了。那女人是诱饵搜查官，当心她一枪崩了你。”

“哎哟，我好怕怕哦。”

牙签笑着转向墨镜，扬起下巴。

墨镜点点头。两人并肩离开了公园。

牙签的笑声在昏暗的公园中回响。

在他们眼中，特别被害者部就是“异端分子”。

志穗也就罢了，可那两个刑警甚至不跟袴田打声招呼。袴田好歹也是他们的前辈啊。

“真讨厌——”

志穗怒气冲冲地说道。

然而，袴田并未作答。

他摸着下巴，陷入沉思。

“怎么了？”

“没什么，”袴田摇了摇头，“特别被害者部好像成了那矢检察官的眼中钉啊。”

“啊？”

“那矢检察官在故意妨碍我们调查。”

“怎么说？”

“他为什么突然改变方针，拘留了黑木？你仔细想想。”

“……”

“那矢检察官不准备等到星期二。他可不想用诱饵逮捕古田。所以他拘留了黑木，想让古田以‘勒索案受害者’的身份去警局协助调查——”袴田叼起香烟，点了火，火光中的表情透着激烈的怒火，与平时的他判若两人，“之后再搬出他溜进女厕所的事，以猥亵罪之类的罪名拘留他。那矢检察官一定很讨厌特别被害者部。他宁可‘另案逮捕’，也不想动用诱饵。”

3

周六晚上。

袴田离开公园，立刻致电远藤慎一郎家。远藤听说片区警署拘留了黑木，得出的结论和袴田相同——

那矢检察官厌恶诱饵搜查，决定以黑木的恐吓为垫脚石，用另案逮捕的方法拘留古田……

警方并没有将古田与“品川站过路杀人狂事件”联系起来的物证。就算另案逮捕能成，能逼得古田“供认罪行”，供认的自主性也得打个问号。

讨厌诱饵搜查没问题，可那矢检察官竟会为了妨碍特别被害者部，事先用其他罪名逮捕嫌疑犯，这简直称得上“暴举”。

如果自白的自主性有问题，检察院就无法提起诉讼。就算提起了诉讼，也会变成冤假错案。

绝不能让他得逞，诱饵搜查官就是为了防止冤假错案而存在的。

听完袴田的汇报，远藤迅速采取行动。

关键时刻，远藤家在司法界中的人脉便能呼风唤雨。

第二天，总检察长就接到了消息。那矢检察官不得不放弃另案逮捕的主意。

那矢检察官本想用“本部事件组”检察官的权限暗度陈仓。被人横插一脚，他定是气得咬牙切齿吧。

周一到了。志穗与袴田为了审问黑木，一同前往片区警署。

两人在出租车里聊了起来。

“我可真不明白，你还有什么话要问黑木？”

“古田的女儿是不是有前科呀？”

“嗯，不是严重就是了。盗窃，嗨，就是顺手牵羊，然后就是嗑香蕉水了。都没正式处分。”

“古田一个人来东京，肯定很担心留在福冈的女儿。看到和女儿年龄相仿的女孩做不正经的事，他就忍不住去提醒了。”

“也许你说的没错，古田之所以在品川站跟踪女高中生，说不定真是为提醒她们。可警察竟拦住了他，再三审问，他一定很委屈吧——”袴田忧心忡忡地摸了摸头发，因为他也有些地中海的迹象，“那家伙也该好好想想，秃顶的人总会给人以色老头的印象。而且他那么壮，皮肤又油光油光的，这种人跟高中生搭话，人家肯定会误会他有色心的啊。”

“啊呀，我还觉得秃顶挺性感的呢。”

“是吗？”

“你可别高兴得太早。我的意思是，性感的人啊，秃顶了也性感，可你这样的要是一秃，就显得更寒酸了。”

“你嘴可真够毒的啊，”袴田苦着个脸说道，“跟踪女高中生的事儿算是解释清楚了，可他为什么要溜进女厕所呢？”

“我觉得啊，那个古田应该是很较真老实的人，一门心思扑在工作上。他坚信，自己做的事情一定是正确的。很认真，但不懂得变通。孩子碰上这样的父亲，肯定很憋屈，所以她女儿才会走上歪路的吧。

可这种人真会溜进女厕所做坏事吗？那也太说不过去了吧。”

“我以前办过一件案子，是个乡下的教导主任，喝醉了酒，脱了裤子追着小姑娘到处跑。他还在飞机里猥亵空姐呢。当地人都说他是个以谨慎耿直著称的好人。”

“你的意思是人不可貌相？”

“男人为了女人，什么蠢事都做得出来。你那么年轻，姿色嘛，也还行，这点道理总该懂的吧。”

“还行是什么意思嘛。”

“哼，你还说我寒酸呢——”袴田挠了挠脸颊，“而且黑木何必说谎呢？刑警还在黑木的帐篷里发现了古田的名片，这要怎么解释啊？”

“不知道啊。所以才要去问黑木不是吗？”

志穗呆呆地望向远方。

然而，他们终究还是没见到黑木，因为黑木已经不在片区警署了。

拘留室中的黑木失踪了。

看守（巡查）也说不出个所以然来。

今天早上，巡查来换班时，黑木已然不见了。

他本就没犯需要拘留的罪，更无法延长他的拘留时间。

所以警方迟早是要释放他的。可问题是，警署上下没有一个人知道黑木是什么时候被释放的。

两人回到“特别搜查本部”所在的二楼会议室。

警员们用冷淡的态度迎接志穗他们的到来。

“怎么没人知道黑木是什么时候走的呢？”

袴田问道。

“不知道就是不知道。不是你们部长下令放人的吗？关我们什么事。”

某人冷冰冰地答道。是那个牙签。

他的好搭档墨镜就站在他身后。

都怪我们多嘴，害得另案逮捕的事情泡汤了——也许他们觉得自己该为此负责。

口气冲得要命。

“话是这么说，可我们要是知情，就不会特地到这儿来了啊。我们还以为黑木还被关在这儿呢。”

“昨天他的确在拘留室，但我们也不知道他是什么时候走的。反正迟早要放人的，走了就走了呗。难道不是你们干的好事吗？”

“怎么可能，我们毫不知情啊。”

“这话是什么意思？难道是我们把黑木藏起来了吗？”

牙签目露凶光。

“不不不，我可没这么说，也没打算这么说。我压根没往这个方向想——”

“是吗。哼，算了，”牙签的语气稍稍缓和了一些，只见他突然伸出右手，像是要跟袴田握手，“我们都是搜查本部的一员，还是别为这种小事争吵了。”

袴田虽有犹豫，但还是握住了他的手。

牙签的右手猛地上下一摆。

“唔……”袴田呻吟道。

他想收回右手，可牙签死死抓着他不放。

袴田的右手在流血。

“袴田大哥！”

志穗愕然。

牙签总算松手了。

袴田呻吟着摊开右手，手心里竟插着一根牙签。

“哎哟，不好意思，一不小心——”

牙签煞有介事地说道，甚至没掩饰嘴角的奸笑。

“我早就让你小心点了……”

墨镜也是满脸奸笑。

“你们还算是刑警吗！怎么能做这种事啊！”志穗火冒三丈，脸都气白了，“太过分了！你们的心是肉长的吗！亏你们做得出来！”

“我都说了，那是‘一不小心’，我都道歉了你没听见吗。”

“你居然——”

志穗险些扑向牙签，可袴田插了进来，挡住了志穗，低声说道：“算了，回去吧。”

“袴田大哥，你也太没出息了吧！这种事怎能忍气吞声！”

“就是得忍。但我不会再客气了，”袴田的声音还是那么轻，“这样一来，我就能放心大胆地进行诱饵搜查了。到了周二，让我们大干一场吧。”

两名刑警脸上的奸笑不见踪影，他们死死盯着袴田的脸。

会议室里还有几位从其他警署调来支援的刑警。而他们也是沉默不语。

“走吧。”

袴田率先走出会议室，边走边自言自语道：“黑木那家伙究竟上哪儿去了？”

同事们

1

周二早上八点三十分，鲛洲。

古田家的公寓门口，停着一辆面包车。

那是特别被害者部的面包车。

车上有四个人……志穗、袴田，还有同为诱饵搜查官的早濑水树，以及水树的搭档广濑良巡查。

水树还很年轻。

二十一岁。

志穗拥有略带哀愁的美貌，水树则是开朗明快的姿色。她显得活泼又娇美，其实是个富有知性、思虑周全的姑娘，但人们总会把她误会成水性杨花的轻浮女人。

拜其外表所赐，她也是从小受到男人纠缠，有好几次险些惨遭强奸。她人生中的波澜起伏，几乎与志穗不相上下。

应聘特别被害者部时，她是个小剧团的女演员。

剧团的男演员们为了水树争风吃醋。

可这并不怪水树，她实在受够了。

如果是真心喜欢她也就罢了，但他们只是凭水树的外表判断她是个人尽可夫的女人，还有人企图霸王硬上弓。

她觉得当诱饵搜查官有助于提高演技，于是——

就来特别被害者部应聘了。

广濑良今年二十四岁。他在本厅搜查一课待了两年，之后被派来了特别被害者部。

搜查一课的工作非常繁忙，害得他没工夫准备升级考试。于是他主动要求调来特别被害者部，以为这样一来就能挤出时间复习了，没想到事与愿违……

他是个老实的模范青年，喜欢打网球和唱卡拉OK。只是与水树搭档之后，他对水树一见钟情，还没确认水树的心意，就急急忙忙跟当时正在交往的姑娘分手了。真不知他是纯情还是轻率。

水树则尽可能不在工作中掺杂私情，用开朗明快的态度对待广濑。

目前，两人的关系并无进展。

除了部长远藤慎一郎，特别被害者部还有一位成员——三十二岁的柳濑君江。

柳濑君江是从女警中选拔出来的为数不多的女性刑警，隶属深川警署的刑事课，专门负责扒手组、少年组、拘留管理方面的工作。

调来特别被害者部之后，她常会留在办公室里扮演“指挥塔”的角色。

她为人开朗，办事能力超群，非常可靠。她的丈夫比她小五岁，在家里是典型的妻管严（这是嘴臭的袴田说的）。

今天早上，总是笑脸迎人的君江看到同事们来到办公室，笑得险些从椅子上摔下来。

也难怪。

“这也太夸张了吧？简直是没人气的 AV 女优嘛。我都快看不下去了。”

水树本人也快笑出来了。

因为她穿着水手服。

警方认定古田喜欢女高中生，于是就把水树请来了。

虽然志穗也很年轻，但她不是可爱型的，而是冷艳成熟型的，穿水手服的确不太自然。

而水树看着挺像高中生。一张娃娃脸，娇小的身形，穿水手服的效果肯定比志穗要好……

“讨厌死了，怎么能穿着这种衣服去车站，饶了我吧……”

水树噘着嘴大加抗议。

没人气的 AV 女优——这比喻真是太贴切了。

水树再年轻，毕竟也有二十一岁了，让她穿这种衣服还是有些强人所难的。

然而，要是水树撂了担子，就得由志穗穿了。

那哪儿行。

志穗只能强忍着笑，安慰道："没事啦，很可爱嘛。嗯，很可爱的。怎么看都是女高中生呀。"

"哪儿有这样的女高中生啊，我都老得掉渣啦。"

"没有的事儿。嗯，就像那种比较老成的女高中生吧？嗯，嗯，比较成熟的女高中生。一点也不奇怪哦。"

坐在驾驶席上的广濑说道：

"话说五反田有家叫'平成女学院'的夜店，那儿的女公关都是穿水手服的。"

"喂喂喂，你这话是什么意思啊？！"

水树的嘴巴噘得更高了。

"呃，我没有特别的意思，只是突然想起来了……"

"别笑话她啦，"志穗几乎快笑出来了，"水树呀，你这身打扮绝对没问题，别担心。"

"哪里没问题了啊，问题大了去了！"

水树鼓起腮帮子回答道。

这时，一直困得没发话的袴田低声说道："喂，他出来了。"

一瞬间，车里被紧张所笼罩。

三人同时弯下腰。

伸长脖子，透过车窗观察公寓门口的情形。

古田出来了。

今天是星期二，百货店不上班。

但古田西装革履，套了件大衣。

一看就知道他很紧张。只见他迈着神经质且急切的步伐，朝车站走去。

广濑低语道："那家伙果然是真凶啊……"

"水树！"志穗催促道。

"嗯！"

水树也接受了诱饵搜查官的训练。事到如今，她也顾不上水手服是否合身了。

她打开车门，正要下车之际——

2

几名男子将面包车团团围住了。

好眼熟的人。

碰上"品川站过路杀人狂事件"这样的大案，不仅本厅搜查一课会派人，周边的片区警署也会派人来支援。

突然出现的就是那群来帮忙的。

“干，干吗啊，怎么了？”

广濑眨了眨眼，不知所措。

站在驾驶座旁的男子用手指示意他把窗户摇下来。

“怎么办？”

广濑征求了袴田的意见。

袴田将视线默默投向志穗。

志穗对袴田的心思了如指掌。

她将身子压得更低一些，跪在地板上。

水树则摊开裙子的衣褶，挡住志穗，不让男人们看见她。

这辆面包车的窗户做过特殊处理，外面的人看不清车里的情况。水树一挡，外头的刑警们就看不到志穗了。

“干什么呢！还不快开窗！”

刑警举起拳头，砸着窗户。

袴田扬起下巴，示意广濑开窗。

广濑点点头，按下开窗的按钮。

窗一开，刑警就把手伸了进来，切断了无线电的电源。

这下可好，片区频道、方面频道、刑事频道都被切断了。

没有无线电，就无法开展搜查活动。

“你要干吗？！”

好脾气的广濑也忍不住抗议了。

“好不容易锁定了嫌疑人，怎么能让诱饵搜查官出来碍事！我们会亲手逮捕他的。你们这群外行人就别碍事了——”

刑警冷笑一声。

搜查本部的同事们就是不愿认可诱饵搜查官。

其中固然有负责指挥的那矢检察官厌恶诱饵搜查的成分，可他们再三阻挠，并不仅仅是朝上司看齐。

刑警们有狭隘的地盘意识。这种本能，让他们排斥新来的人介入搜查工作。

袴田是百无一用的万年巡查部长，广濑是个小年轻，而两个诱饵搜查官都是女人。

刑警们压根没把特别被害者部的成员放在眼里。

因此……

“外行人？！你们知不知道，这么妨碍我们会有什么后果？！这叫妨碍公务，懂不懂！”

听见袴田突然大喊起来，他们非常惊讶。袴田的嗓门特别响。他那么瘦，这声音究竟是从哪儿发出来的啊——刑警们惊愕不已。

“你们都得吃处分！等着瞧！”

一位刑警赶忙开口息事宁人。

“这儿可是住宅区，别喊那么响啊……”

“响个屁，我的声音就是这么响，你有意见吗！”

“袴田警官，别激动啊，说话别那么冲嘛……”

“还不是你们先挑衅的？”

“好好好。袴田警官，你别火啊。大家冷静下来，好好谈嘛。我们也有我们的立场，很难办的。”

“立场个屁！哪儿来的鬼立场！”

袴田的大吼大叫把刑警们吓得不轻。

所有人都集中到了面包车的一侧，安抚起了袴田。

当然，这正中了袴田的下怀。袴田是狡猾老练的刑警，岂会因一时激动大声喧哗呢。

刚才水树准备下车时，已经把另一侧的车门打开了。

在袴田分散刑警们的注意力时，志穗悄悄爬出了面包车。

一路爬到树丛，站起身。

追着古田，一路跑向车站。

刑警们忙着安抚袴田，没人察觉到志穗的身姿。

3

没必要跑去车站。

因为古田还在半道上，正在与一个姑娘说话。

姑娘穿着牛仔裤与长靴，套着亮色短大衣，像是个高中生。

她提着个大号购物袋。

古田好像在跟姑娘争吵。

姑娘很激动，大喊着什么。

正逢上班高峰，很多人在往车站走。人们纷纷向他们投去好奇的眼光，但姑娘和古田毫不介意。

忽然，姑娘撒腿要走。

古田抓住了她，想把她拽回来。

姑娘挣扎着要逃。

两人扭成一团之际，数名男子从暗处冲了出来。

“住手，古田——”

喊话的是井原主任。男子们纷纷朝古田扑去。

一个从身后扣住他，将他与姑娘分开。另一个则按住他的肩膀，还有一个抱住了他的膝盖。肌肉发达的刑警们死死按住古田，一眨眼的工夫，古田就动弹不得了。

上班路上的人们停下脚步，远眺着难得一见的追捕剧。

志穗好容易拨开看热闹的人群，接近古田。

但志穗关注的并非古田与刑警们。

她在看呆若木鸡的那个姑娘。

井原见志穗来了，兴高采烈地说道：

“哟，这不是诱饵检察官小姐吗，来得太晚啦。不好意思，不用你出场了。本来就用不着什么诱饵。如你所见，我们已经紧急逮捕了嫌疑人。”

“紧急逮捕？以什么罪名啊？”

志穗的声音非常冷静。

“还用问吗？我们抓了个现行啊——”

“什么现行？”

“你傻啊？他企图在光天化日之下猥亵女高中生，被我们抓了个现行啊，”井原的声音略显焦躁，“当然详细情况得等片区的人来了之后再问。”

“还是算了吧。真把他们请来了，你就得写检讨书了。”

“你在胡说什么呢？！”

“父亲跟女儿吵两句嘴还算犯罪不成？”

“女儿？”

“你仔细看看那姑娘的表情！”

井原惊讶地望向那个姑娘。

姑娘受了惊吓，瞪大双眼。

她手中的购物袋上，印着博多的一家百货商店的标志。

“爸爸，什么都没做啊——”姑娘哭了起来，双肩瑟瑟发抖，边哭边说，“求你们了，别打我爸爸……”

井原大惊失色，喊道：“喂！大伙儿快放开他！”

刑警们也傻了眼，赶忙松开古田。还有个刑警吓破了胆，拼命帮古田拍去大衣上的灰尘。

古田缓缓起身。

姑娘扑进他的怀里。

哇哇大哭。

古田呆然。也难怪。

但他还是紧紧抱住了女儿，抚摸她的后背。虽然很笨拙，但旁人能从他的动作中看出深深的慈爱。

“您女儿是不是离家出走了？”志穗问道。

古田望向志穗，从天而降的刑警把他吓得不轻，他甚至没余力思考志穗是谁。

“都一个多月了——”他呆呆地点点头，答道，“我老婆说，女儿可能去东京了。我一直在等她联系我。可左等右等，她就是不来信儿……”

“……”

“她在东京有个男朋友。我猜她大概去投靠那个男朋友了，可我跟我老婆都不知道那人叫什么名字。一想到女儿宁可依靠男朋友也不愿投靠亲爹，我就气不打一处来，急得跟热锅上的蚂蚁一样……”

“于是你看到跟女儿年龄相仿的女高中生，就上去搭话了是吧？”

“我想……她们也许认识我女儿……一到休息天，我就会上街碰运气，到处找……”

“人总算找到了，真是太好了——”

“今天我也打算去找人的。结果走到一半，居然碰上她了。父女俩果然还是心有灵犀的啊……她正打算来找我呢……”

说到最后，古田也哽咽了。

他紧紧抱住女儿。

父女相拥而泣。

刑警们只得尴尬地站着。

“喂！女厕所的事儿呢？是黑木在说谎吗？他干吗要说谎啊！”身后的井原一头雾水地低声说道，“不对啊，不可能啊，我们还在黑木的帐篷里找到了名片。这简直莫名其妙啊，到底是怎么回事啊？”

志穗答不上来。

要是能当面质问黑木，也许能得到答案。可关键人物黑木早已不知所踪。他们束手无策。

然而片刻后,这些事情都变得无关紧要了,谁都不会再介意这些了。

“主任，片区发来无线电联络——”一位刑警上气不接下气地冲了过来，用紧张的声音说道，“又出事了！又发现了一具年轻的女尸！这回不是品川，是大崎站！”

大崎站

1

星期二上午八点五十分。

这天早上，清原静江的心情差到了极点。

周六的时候，她跟男朋友吵了一架。

而且那不是平时的小吵小闹。男朋友知道了静江在和其他男人交往的事，提出了分手。

静江只是随便玩玩而已。

她觉得男友太小题大做了。

而男友却因为此事对她破口大骂。

静江下不了台阶，跟他吵了起来，你一言我一语，最后竟一气之下说道："我就是喜欢他，怎么了！"

男友愤然，夺门而出。

回家后，她苦苦等候男友的电话。可电话一直没响。星期天，她故意没出门，守着电话机。可电话还是没来。星期一，她不得不翘课等电话。等啊等，电话终究还是没来……

静江在御茶水地区的公务员专科学校上课。星期二有一节必须要上的课，不能再翘课了。

男朋友会不会在她出门的时候打电话来呢?

她一步三回头地出门去了。

其实她很清楚电话不会响，她明知这段感情已经结束了，却不愿承认。

静江家在武藏小山，要去御茶水，必须在目黑换乘山手线。

早高峰的山手线最要命了。

拥挤也就算了，最可怕的是，山手线上的色狼比私铁上的多多了。

这天，她又碰上了色狼。

——为什么！分手就够痛苦了，为什么我还得忍受陌生男人的抚摸啊！

静江气愤不已，又悲哀难耐。

一上车就开始了。

她靠在车门上，呆呆地想着离她而去的男友。这时，她察觉到了。

回过神来时，那只手已然伸进了她的短上衣。又抬起她的裙子，将手指塞进内裤与臀部之间的缝隙。

不光一根手指，是食指与中指。

……

静江慌了。

为什么才注意到？就算因分手受了打击，可这也太大意了一点吧？

她平时绝不会在电车里挤满人的时候接近车门。因为那样简直和勾引色狼没什么区别。

如果女人站在车门前。

而色狼贴在她背后。

色狼就能用自己的身体挡住周围人的视线了。

而且女人的身体会被压在门上，无法保护自己。

色狼可以为所欲为。

再恶心的事情都做得出来。

色狼气喘吁吁。

故意将气呼在她脖子上。

……

——讨厌！

静江扭动身子，想躲开他的手指。

她的注意力都集中在手指上了。

不知不觉中，色狼已解开了两颗大衣纽扣。回过神来才发现，色狼从她背后伸出左手，滑进了她的胸口。

……

——混账，你要干吗啊！

静江下意识地用指甲去挠色狼的手。

指尖传来血的感触，有血涌出来了。

没想到……

一感觉到指尖沾上了血，她便感觉一股热流在体内流窜。

……

静江凝视着倒映在车门上的那家伙的脸。

那家伙将身子紧贴静江的后背，下巴几乎快碰上她的肩膀了。他戴着眼镜，察觉到静江在看他，满脸奸笑。

静江拼命缩，可就是逃不掉。

……

他贴得更近了。

低吟着猥琐的话语。

扭着腰。

硬硬的东西插入臀部的缝隙。

——老天啊。我这周六才跟男朋友分手啊！

静江湿了眼眶。

——我才跟人分手，正伤心难过着呢，为什么色狼偏偏盯上我啊！

她悲从中来。

不是被男友抛弃的悲哀，更不是遇上色狼的屈辱感。

那是更深邃的悲哀——受了这么多委屈，还得活下去吗？

广播响起，马上要到站了。

下一站是五反田。

静江焦急地等待着停车开门的一刻。

2

在山手线的车站中，大崎站算是人流量比较小的一个吧。

她不确定，因为她从没在大崎下过车。这只是大崎给她的第一印象罢了。

九点不到，这里的高峰就过了。站台上几乎没几个人，而且大家的脚步都很从容。

她坐在长椅上，用手帕擦了擦头发。

就这么呆呆地，坐了一会儿。

片刻后，她站起身来。可她也是第一次来大崎站，不知道该怎么走。

她在站台上站住了。

站在站台上，就能看到大崎的街景。大楼还算多，但总给人以冷清的印象。

山手线铁路后有一块矿泉水品牌的大广告牌，但牌子周围长满了杂草，市中心的车站极少出现这种情况。

马路对面还有一块写有“OHSAKI NEW CITY”的招牌，可就连那几个英语字母都显得如此落寞。

马路上的车也好少，是她的错觉吗？

好冷清的地方。

好悲哀的地方。

也许是与恋人分手的心痛让她产生了这种心境吧。遭遇色狼的屈辱感让她的心跟铅块一样沉重。

静江呆呆地望着街景。

这时，她忽然发现了那个东西。

她盯着它看了一会儿。

——对了，就这么办好了。

她连连点头。

虽然那样就赶不及去上课了，但带着那样的心情听课，肯定也是听不进去的。

太恶心了，谁受得了啊，一定要调节一下心情。

只要把心态调整好了。

——也许我就能鼓起勇气给他打电话了……

毕竟是她先出轨的。如果她老老实实地道歉，男友也许会原谅她。

想到这儿，她的心情就轻松多了。

然而，她忽然察觉到今天是星期二。

——有没有开门啊？

得打电话问一下。

小卖部旁边有电话。

是不能用电话卡的旧式电话。

不凑巧的是，她的零钱用光了。

她在小卖部买了个东西，换了点零钱。

她站在站台上，看着那家店，按下数字按钮。

嘟，嘟，嘟。

今天是周二，时间还早。

也许店里还没人。

她不愿轻易放弃，继续等着。

身着深蓝色工作服的年轻男子将一叠周刊杂志搬到小卖部门口，解开捆着杂志的绳子。

取出几本，塞进架子。

是周二上市的周刊。

静江举着听筒，有一眼没一眼地看着。

小卖部的大妈走出来说道，哟，今天来这么早啊。

偶尔也得干点正经事嘛。年轻人回答道。两人笑了起来。

“喂。”

这时，总算有人接了电话。

是个低沉的男声。

电话很快结束了。

他们店每周二休息，但情况特殊，可以给她做。

她道了谢，挂了电话。

大妈还在跟年轻人聊天。

他们好像聊得很开心。

“请问……”静江转向两人。

两人不再聊天，而是望着静江。

“我想去大崎玉大道，请问该怎么走啊？听说那条路离车站很近——”

“啊，大崎玉大道，很近的呀，”大妈点点头，但随即歪着脑袋说道，“就是不太好找，不认识路的话可能找不到哎……”

年轻人随口说道：“要不我带你去吧？”

静江看着年轻人的脸。

他看起来挺爽朗，挺热心的。

换作平时的她，定会二话不说，接受年轻人的好意。

然而她才在电车里受过那种委屈，自然会对陌生男人戒心十足。

大妈毕竟也是女人，察觉到静江不敢轻易让陌生男人带路。

“算啦算啦，人家小姐才不乐意呢——”她帮静江解了围，“你还得工作呢，哪能出去瞎晃悠啊。”

“是哦，”年轻人笑着挠挠头说，“不能在这儿吹牛皮啦。”

“还不快去！”

“遵命！”

年轻人笑着走远了。

静江也不禁苦笑。

她才碰上过色狼，会有戒心也是在所难免。可她是不是提防过头了呢?

她又打了个电话。之后，她走向车站的楼梯。

——今晚就给他打个电话吧。

她心想。

一定会顺利解决问题的。

我还很年轻，不能再自寻烦恼，钻牛角尖了，还有美好的未来在等待着我呢……

3

她很年轻。

也很漂亮。

一切皆有可能。

有美好的未来等待着她。

然而，她的生命戛然而止。

偏偏在这种地方。

在这么冷清的公园里。

被人勒死了。

——天哪。

仿佛被人掐住胸口般的悲痛。

三个女人死了。

警员实在是太无能了。

无能，还无所作为。

光顾着毫无意义的地盘之争，追逐着错误的嫌疑犯，给了真凶可乘之机。

警方明知凶手会在周二行凶，却没能防止案件的发生。

任世人口诛笔伐，警方都无法辩解。

每个警员都得背负世人的责骂。

警员们的表情都很僵硬。

勘查现场的人也好，检查尸体的人也罢，都是一言不发。

鉴识课员们也默不作声地趴在地上，跟狗一样来回搜索。

通信指令中心已经下达了紧急搜捕指令。

案发时间与警员到位时间都已输入电脑，地图上则标出了凶手的逃跑范围。

紧急搜捕体系会覆盖到逃跑范围内的所有警察设施、关卡、盯梢地、电车站与高速公路道口。

机动搜查队的蒙面警车来了又去。

警车上的警笛响个不停。

这里是——

大崎站。

从西口出站，沿着车站铁丝网走五分钟，就是这个山手铁轨高架下的小公园了。

附近还有一条通往高架的斜坡，因此小公园的地形非常复杂。

它紧邻高层公寓，正对着大崎站的专用铁轨，但有高架支柱和斜坡挡着，成了路人看不到的死角。

女尸就在支柱的背面。

好多看热闹的人。

赶走他们并不难，但开着直播车来的媒体就不好赶了。

警官们进出案发现场时，都会被记者们团团围住，经历闪光灯的洗礼。

接连三周，一到周二就有年轻女人被勒死……

记者们异常兴奋。

能不兴奋吗。

这条新闻八成会成为晚报的头条，新闻节目也会大肆报道的吧。

“被害者名叫清原静江，二十一岁，是专科学校的学生——”警员紧张的声音在现场回响，“家住武藏小山，学校在御茶水，因此她应该是在上学路上遇害的。”

“有人联系她家里人了吗？”

一课组长问道。

“被害者的母亲正在赶往现场。”

“家人知道她为什么要在大崎下车吗？她有朋友住在大崎吗？”

“没有，她母亲说女儿从没提起过大崎站，还说她不会在这儿下车的，一定是搞错了……”

“又是莫名其妙的中途下车啊——”

组长喃喃自语，神情极度焦躁。

鉴识课员们纷纷喊道：

“发现血迹！”

“高跟鞋在这儿！”

“发现了被害者的包！”

“找到一块沾着血的石头！”

“喂！快拍照！拍照！”

“指纹呢？”

井原他们正在检查尸体。

尸体的情况与之前的两人截然不同。

凶手趁她走在路上时，从背后发起进攻。

案发现场发现了沾有鲜血的石块。

不用等鉴识结果，也能断定凶手用那块石头砸了死者的后脑勺。

之后，凶手将浑身无力的被害者搬进公园，像上一次和上上一次那样，用绳子从背后勒死了她。

“可恶，这个混账——”

井原咬牙切齿地说道。

光天化日之下。

就算公园的死角再多，也存在着被人撞见的危险。

有点常识的正常人绝不会在这种地方杀人。

犯人不是太大胆，就是太欠考虑，莫非是个疯子？

他之所以逍遥法外，只是比较走运而已。

犯人的幸运，就是警官们的不幸。

“岂有此理，可恶，可恶——”

想到这儿，井原怒不可遏，越想就越是恨，骂个不停。

“为什么非要在这种地方动手？就好像他一刻都忍不了了似的。是一时激动，还是对她有什么深仇大恨啊——”

一名警官一头雾水地说道。

“不可能有什么深仇大恨，这是过路杀人狂啊。被害者不认识犯人。哪儿来的仇恨啊，”另一位警员回答道，随即转向井原问道，“主任，您怎么看？”

“被害者可能在其他地方受到了袭击，逃来了这儿。她看到了犯人的长相，所以犯人急着杀人灭口。没工夫选地方了。”

井原紧咬下唇，陷入沉思。

片刻后，他突然喊道：

“喂！有人去找目击证人了吗？这回情况特殊！凶手直接攻击了被害者的头！他身上可能有血迹！快派人去车站，查查有没有穿着血衣的男人上车！还有车站附近的区间巴士！别忘了联系各家出租车公司，问问他们有没有在案发时间拉过客人！”

“具体案发时间还没查出来啊……”

“蠢货！你的脑子是摆设吗！当然是九点到九点半了！不用等验尸报告也能算出来啊！”

井原大喝一声。

警员撒腿就跑。

井原急了。

吼完部下，他还是不解气，将烦躁的视线转向四周。

忽然，他捕捉到了志穗的身影。

志穗站在警员们身后，观察着尸体，心有不甘地咬着嘴唇。

井原的表情忽然放松了一些。

这一幕，改变了井原的看法。

他决定认可志穗，将她视作同在搜查战线奋斗的同事。对犯人的愤怒，对警方无所作为的不甘……拥有这种感情的人，都是同伴。

他说道：“也许你的推理没错。”

“啊？”

志穗望向井原的脸。

“你不是说被害者都在电车上遇到了色狼吗？是袴田警官告诉我的。碰到色狼，她们就不得不下车了。这么一想，很多问题都能说得通。不过袴田警官还说，要是色狼跟着她们下车，她们肯定会起戒心的，不至于束手就擒。”

志穗大感意外。

原来袴田并没有完全否认志穗的推理。

这一点固然让她惊讶，可更让人意外的是，他竟然将这个推理告诉了井原。

袴田隶属特别被害者部，在搜查本部算是局外人。但他偶尔也会和刑警们冰释前嫌，交换情报。

这就是刑警。

刑警会因地盘意识狗咬狗，可为了逮捕凶犯，他们也会跨越立场的隔阂，通力合作。

所谓“刑警”便是如此。

志穗再次打量起被害者。

被害者瘦瘦的，戴着耳钉。这两点与之前的两位死者一样。

但是——

她的头发很短，迷你裙也没被扒走。

不对劲啊。

为什么这位被害者与其他被害者不同呢。

难道凶手在第三次行凶的时候，口味突然变了不成？

——不可能。

志穗在心中否定了这种可能性。

桧垣惠子、深山律子……志穗通过两名牺牲者，勾勒出犯人的轮廓。犯人的身影仍在迷雾之后，看不清晰，但她能看见蠢蠢欲动的黑影。不，是能感觉到。

第三位受害者清原静江留着短发，裙子也没被扒走。这和她描绘的犯人轮廓并不相符。

很不自然，也不太对劲。

“我能凑近看看吗？”

志穗向井原问道。

见井原点了头，她才走近尸体。

其他警员们纷纷让开，给志穗腾了个空位。

也许是古田的事儿让他们对志穗刮目相看了吧，他们终于抛弃了对诱饵搜查官的偏见。

志穗在本厅的搜查讲习中学过检查尸体方法。

但是，她要确认的只有一点。

她戴上手套，轻轻摸了摸沾着鲜血的头发。

血已经干了。

接着，她拿起几根头发，看了看发梢。

她仔仔细细地检查了死者的头发。

“怎么了？你在干吗？”

井原一头雾水地问道。

“不好意思，”志穗看着井原说道，“能不能请麻烦您跟鉴识课的人打声招呼，让他们找找看附近有没有掉头发？”

“头发怎么了？鉴识课肯定会采集凶案现场的头发啊。”

“不是正常掉落的头发。”

“……”

“死者原来不是短发。她应该和之前的被害者一样，留着长发。她的头发被剪掉了，而且剪的时候还很粗暴——”她停顿片刻，用紧张的声音继续说道，“我觉得，很有可能是凶手剪的……”

梳头师的相公

1

从案件发生到下达紧急逮捕指令，中间不过一个小时。

无论凶手使用了什么交通手段，都逃不了太远。

而且——

穿着血衣的男人。

他有明显的特征。

通信指令中心下达命令之后，逃跑范围内的所有电车站、高速公路道口都配备了警力，山手大道上则设置了关卡。

犯人用某种方法，逃离了案发现场。

品川站的两个厕所，还有紧邻大崎站的小公园——

从现场的情况看，他应该不会开车逃跑。

十有八九利用了公共交通工具。

他去了大崎站？还是上了循环巴士？抑或是打了辆车？无论他使用了哪种方法，都会留下逃亡的痕迹才对。

可警方就是没找到。

无论如何，就是找不到凶手的踪迹。

凶手完全消失了。

电车、巴士、出租车……警方对逃跑范围内的所有公共交通工具进行了地毯式搜查，但没能发现疑似凶手的人物。

从被害者后脑勺的伤痕判断，凶手身上肯定有血。难道他在不到一小时的时间里找了个地方，换了身衣服？

不过警员们打一开始就没对紧急搜捕指令抱太大期望。

因为他们找到了更值得期待的东西。

这一回，凶手留下了铁证。

铁证之一，是留在被害者颈部的绳索纤维。

准确地说，那不是纤维，而是微小的塑料片。

科搜研正在加紧分析。看来凶手用来勒死被害者的绳索，很有可能是塑料做成的。

还有——被害者颈部留下了某种提钮似的痕迹。

不是绳结，就是用来穿绳的洞口。由此可见，凶手使用的绳子非常特殊。

这也会成为锁定凶器的重要依据。

若能锁定凶器，调查工作就前进了一大步——这一点不言自明。

而且被害者的指甲里留有血痕。

是 B 型分泌型的血液。

被害者的血型是 AB 型非分泌型，所以那不可能是被害者挠喉咙时沾到的。

警方推测，被害者在挣扎时抓伤了凶手的手背。

再加上在深山律子大衣上发现的精液，警方可基本断定，凶手的血型就是 B 型分泌型。

——能隐约看到凶手了！

警员们自是兴奋不已。

本部所在的片区警署自不用说，周边警署的人马也尽数出动，八十多位警员来到案发现场周围展开地毯式调查。

被害者离开武藏小山之后，在目黑换乘了山手线，最后来到大崎站。警方顺着她的脚步，不放过任何一个细节。

认识她的邻居在目黑站的山手线站台碰巧看见了她，于是警方锁定了她所在的车厢。

而且警方查到，与被害者身在同一节车厢、在五反田站下车的一位中年妇女向车站工作人员反应，她在车里目击到了“咸猪手”。

在拥挤的车厢中，咸猪手并不罕见，但那个男人的行为实在太过分了。那位中年妇女说，被害的姑娘都快哭出来了。

中年妇女向车站工作人员控诉了色狼的罪行，还问他们为何不想想办法。

车站工作人员无法逮捕色狼，就算是铁道警察官，也无法在挤满人的电车里检举“咸猪手”。

工作人员只能听过算过。

遗憾的是，他并没有确认那位中年妇女的姓名与地址。

他本想问的，但中年妇女什么都没说，扬长而去，大概是不想被卷进麻烦事里吧。

中年妇女在清原静江所在的车厢里目击到了“咸猪手”。

她看到被害者，十有八九是清原静江。

恐怕清原静江就是为了躲避色狼，才在大崎站下车的。

而色狼也在大崎站下了车，执着地跟踪清原静江，最终，便在车站附近的公园痛下杀手……

换言之，这位中年妇女也目击到了凶手。

车站工作人员没有记下她的姓名，这固然让人扼腕，但警方很确定她是在山手线五反田站下车的。

于是警方印刷了两百张告示，张贴在从涩谷到品川的山手线各站，寻找那位中年妇女。

告示内容如下——

致山手线各位乘客：

十二月十日（星期二）上午九时许，在目黑·五反田开往品川方向的山手线车厢内目击到“咸猪手”的乘客，请立刻拨打110，或联系就近的巡警亭。警方认为，此色狼极有可能是“山手线连续过路杀人狂事件”的重要嫌疑人。为杜绝重大案件再次发生，希望广大市民予以积极配合。

警视厅

如果三天后还没有效果，就再加印两百张告示。

这些告示被张贴在车站的进站口、站台与自动售票机旁边。

由于那名中年妇女很有可能是家庭主妇，警方特地选择了主妇常看的新闻节目，委托电视台进行集中宣传。

三名年轻女性在三个周二接连遇害——人们对本案非常关注，也强烈要求警方迅速将凶手绳之以法。

警方期待着告示与电视广告能带来更多情报。

警员们总算看到了解决案件的希望。

第一起与第二起案件的案发现场是车站的厕所，因此警方并没有特别关注凶手与山手线之间的关系。

然而，清原静江的案件发生后，警方立刻改变了调查方向。

凶手在山手线上接触了被害者，跟着被害者下车，将其杀害……搜查本部决定，将调查范围扩大到“山手线”。

警方列出曾在山手线因咸猪手被铁道警察官紧急逮捕过的前科犯清单，派警员一一调查他们的不在场证明。

至于清原静江下车后的一举一动，警方也在全力搜寻目击证人。

警员们人手一张清原静江的照片，前往大崎站与车站周边了解情况。

——您在周二上午见过这个人吗？

警员们耐心地对每一个人提出这个问题。

——您有没有看到一个可疑男人缠着她？

其实要在早高峰时段的车站找到目击证人比登天还难，仿佛大海捞针，可能性无限接近于零。

但警员们没有气馁，屡败屡战，因为这是解决案件的唯一方法了。

鉴识课也用了非常原始的方法。

他们回收了案发当天早上八点五十分到九点留在大崎站的所有车票，检验每一张车票上的指纹。

如果能找到清原静江的指纹，就能进一步检查在她前后出站的几十个人。把车票上的指纹采集齐全之后，再拿去与品川站的桥上厕所、第二站台厕所中采集的指纹进行比对。如果发现吻合的，就是凶手的指纹。

这也是大海捞针。令人窒息的工作量，单调且枯燥。

然而，警官们深知——就是这些看似徒劳的工作，让警方成功抓获了一个又一个犯人。

——为什么凶手要割掉清原静江的头发？

不可思议的是，警员们并不是特别关注这一点。

这个凶手是电车色狼，还跟踪逃下车的女性，将其杀害，由此可见他一定是个疯子。既然是疯子，带走猎物的衣服或头发当纪念品也没什么好奇怪的……

警官们好像都是这么想的。

只要在抓到凶手之后,从他的房里搜出被害者的裙子,那就是铁证。

然而在抓到凶手之前，纠结那两条被扒走的裙子也是徒劳。因为警方无法用裙子锁定凶手。

研究凶手为何割去被害者的头发就更是浪费时间了。反正那是疯子做的事，正常人不可能理解得了。

警官们竟在这一点上达成了一致。

然而……

只有一个人，对清原静江的头发耿耿于怀。

那就是诱饵搜查官，北见志穗。

2

星期三，下午三点——

志穗独自站在大崎站的站台上。

昏暗的，冬日午后。

好冷清。

站台上几乎没人。

吐出来的都是白气。

远处的大崎街景也显得很寂寥。

——一位年轻女子在这儿命丧黄泉。有人从她身后砸伤了她的后脑勺，勒住了她的脖子，残忍地杀害了她。

志穗的心情异常沉重。

一个人死在这儿。两个人死在品川站的厕所里。而杀死她们三个的凶手，还在东京的某个地方逍遥法外……

正如志穗所料。清原静江本是长发。来认尸的母亲做证说：

——太过分了……那头长发是我闺女的命根子啊！杀了她还不够，还要剪掉她的头发……太可怜了……静江……啊……太残忍了！

母亲的哭喊，仍在志穗耳边回响。

凶手的“口味”果然没变。

长发翩翩，纤细的身材，穿着短裙，戴着耳钉的年轻姑娘……这就是能勾起凶手食欲的食物。

清原静江也不例外。

然而……凶手扒掉了桧垣惠子和深山律子的迷你裙，唯独割掉了清原静江的头发。这究竟是为什么呢？

志穗就是想不明白，谁都没能想明白。“本部事件组”的那矢检察官与本厅的井原主任认为，凶手把裙子和头发当成了行凶的纪念品。

如果真是那样，为什么偏偏要割掉清原静江的头发呢？用“纪念品”的逻辑不是解释不通了吗？

鉴识课的报告称，清原静江的头发不是用剪刀剪的，而是用美工刀之类的东西割断的。

如果是剪刀，切口应该会呈一直线。而美工刀的切口总会多少有些不整齐。

刀口左低右高。

说明凶手惯用右手。

清原静江面朝下，趴在高架支柱的阴影处。

她被石头砸过，后脑勺都是血。

她被拖进公园时，几乎没有意识。

凶手勒死清原静江之后，用左手抓着她的头发，再用美工刀把头发割断。

清原静江的后脑勺都是血，而且凶手刚杀完人，非常亢奋，割头发对他而言并不是一件轻松的事。

换言之，凶手是在十分勉强的情况下割断了静江的头发。

他在光天化日之下的公园杀了人，应该尽快逃离现场才对。可他费尽千辛万苦，割下了被害者的头发，就好像他有什么不得不割的原因一样……

为什么？

真像本部警官们所说的那样，是单纯的异常心理所致吗？不尽然。

不过——

就前两名被害者的裙子不翼而飞这一点，袴田有着不同于搜查本部的见解。

“凶手是不是在挤满人的电车里射精了啊？还射到了被害者的裙子上。色狼真能做出这种事的。深山律子的大衣上不是有精液吗——”今早他们参加完片区的搜查会议之后，袴田面不改色心不跳地幽幽说道，“B 型分泌型，和清原静江指甲里的血液吻合。肯定是凶手的。也就是说，凶手不想把自己的精液留在案发现场。这年头普通人也知道警方能通过精液查出血型呀。”

“那干吗不用手帕什么的擦掉呢？那样不是比脱裙子方便得多吗？”

“痕迹是擦不干净的啊，你不觉得直接把裙子脱掉更安全一些吗？”

“不好说啊。唔……”

志穗没有明确否认，但总觉得袴田的推理有些说不过去的地方。

从这三起杀人案中可以看出，凶手行凶时没有任何计划性。他的“口味”是他选择被害者的唯一标准，挑中谁谁倒霉。

而且他完全没有要隐瞒罪行的意思。

志穗在正式成为诱饵搜查官之前，不仅去警校和本厅上过课，还修过有关异常犯罪心理学的课程。

在异常犯罪心理学中，淫乐杀人犯的动机根源，并非性爱本身。

大多数犯下淫乐杀人罪的男人，都希望异性能完全屈服在他脚下，以此获得施虐的乐趣。

淫乐杀人的根源当然不是爱，但也不是性欲。

他的行为不仅仅是为了释放扭曲了的欲望，而是希望通过这个行为来确认自己的力量，以此获得满足感。

隐藏在这种行为背后的，是想让女人对自己唯命是从，俯首称臣，哭喊求饶的，无比扭曲的权力欲望。

犯下淫乐杀人的男人的性功能大多不强，常有阳痿的情况——这也从侧面验证了这种逻辑。

换言之，会为淫乐杀人的男人，绝不会去隐瞒他的罪行。

不仅如此，他巴不得让人们关注他的所作所为，以彰显他的力量。

这样的凶手，为什么会这么纠结留在被害者裙子上的精液呢?

知道“警方能通过精液查出血型”的人，又岂会不知道“血型无法成为锁定凶犯的决定性证据”呢?

志穗就是想不通。

喂——袴田喊道。

他正站在小卖部门口。

他在找小卖部的大妈了解情况。

据警方所知，这位小卖部的大妈是案发前最后一个和清原静江交谈的人。

当然，片区的刑警们早就找她问过了。

袴田之所以再问，也是以防万一而已。

“配送杂志的打工仔跟清原静江聊过两三句。也许能从他那儿找到什么线索。杂志配送业务是由JR★★物流公司负责的，总公司在饭田桥。我想过去看看，你呢？”

“片区的刑警们不是都问过了吗？您去问也问不出什么的啊。”

“我知道——”袴田很不耐烦地皱起眉头，“就是图个保险呗。”

袴田看似已看破红尘，但他毕竟是现役的刑警。

就算他看上去再没干劲，只要他一天没退休，就不会舍弃立功的野心。

上头把他丢来特别被害者部，让他心里非常不爽。他梦想着有朝一日重回搜查第一线。

其实上头并不指望被派去特别被害者部的刑警们在案件搜查中发挥作用。诱饵搜查官属于准公务员，立场非常暧昧。因此袴田与广濑的主要任务是保护诱饵搜查官，并监视她们的工作有没有违规。

虽然袴田他们嘴上没说什么。

但他们不可能对自己所处的立场心满意足。

志穗参与进调查工作之后，深深体会到了“刑警”是一种怎样的生物。

刑警就是猎犬。

只要前方有隐藏着猎物的可能性，他们就会情不自禁地冲上前去。

“我还想再看看现场。”

“好吧，”袴田点点头，“那一会儿见。”

他挥挥手，转身离去。

志穗看到的，是一条在他人眼中显得老态龙钟、无所作为的猎犬。

他的背影是如此孤独，惹得志穗目送着他，呆立了好久。

这时，小卖部里的大妈问道："你是女刑警呀？"

"呃，差不多吧……"

"呵，这么漂亮的姑娘去当刑警啊，多浪费资源啊。不过啊，只要你觉得这份工作有意义就行。当女刑警是不是很有意思啊？"

"嗯，但也要受很多委屈。"

"啊呀，工作嘛，就是这样的，不会事事顺风顺水的啦，"大妈的性子很爽朗，圆圆的脸蛋上带着和蔼可亲的表情，"那你有手枪吗？"

"没有，女刑警不能配枪的——"志穗话锋一转，"清原小姐是不是用过那边的公用电话啊？"

"嗯，那姑娘也很漂亮的——"大妈皱起眉头，显得非常痛心疾首，"太残忍了。还有大好人生等待着她呢，可偏偏就……"

"您知道她打去哪儿了吗？"

"其他刑警也问过我来着，可我不知道啊，我一直在跟送杂志的男孩子聊天——"

"那您能看出来她是在跟熟人打电话吗？"

"唔……打完电话之后，她问我大崎玉大道怎么走。打电话的时候啊，"大妈扬起下巴，指了指站台外头说道，"她一直呆呆地看着那边呢。"

"那边……"

志穗灵机一动，拿起听筒，将视线投向大妈所说的方向。

铁轨后有一道铁丝网，马路后方则是灰色的街景。

铁丝网上挂着几个广告牌。

其中一个小广告牌，吸引了志穗的视线。

——相泽理惠美发厅。

旁边还有电话号码和地址。

地址是，大崎玉大道二丁目。

清原静江的头发被割断了！

志穗脑中灵光一闪。

毫无逻辑，也毫无根据。

但……

——清原静江是不是打去那家美发厅了？

那是志穗的直觉。

男刑警们不会懂的。

但在女人的人生中，“去美发厅”常会成为优先度级别最高的事项。

3

相泽理惠美发厅是一家随处可见的平民美发店。

老板娘相泽理惠胖嘟嘟的，长着张亲切的圆脸。

“昨天早上？嗯，好像有过一个电话。但不是我接的——”相泽理惠回答道，“您也知道，美发厅一般都是周二休息的。店里的姑娘们也没来上班。我忙活了一个礼拜，也想稍微休息一下啊。所以那时我还睡着，不知道那电话是怎么回事。接电话的人应该推掉了吧。”

“如果打电话来的人是个女的，她应该知道美发厅周二是休息的，但她还是打了电话，莫非她有什么不得不来的特殊情况吗？您有没有听说啊？”

“没有啊，毕竟我那时还睡着呢，天晓得那人是怎么说的。嗨，有些没有加入公会的美发厅周二是开门的，所以她想打电话问问看吧。”

“那您知道打电话来的人叫什么名字吗？”

“如果她要预约，接电话的人肯定会问的。可要是推掉了，应该就不会问了吧。”

“实在不好意思，我有些问题想当面问问接电话的人，请问她在吗？”

“莫非这事儿跟什么案子有关？”

“不不，不是什么大不了的事……”

“哦，这样啊——”

相泽理惠没有表现出更多的好奇心。她是个善良的女人。她对日常生活心满意足，别无所求了。

“哟，真不凑巧，接电话的是我老公，可他出门去了。”

“是您爱人啊……”

“应该去柏青哥店了吧。玉大道尽头有一家柏青哥店。他总是笑着说，在玉大道打柏青哥真是太应景了。他肯定在那家店里。”

“他这么喜欢打柏青哥啊？”

“够闲的吧？他叫相泽义彦，高高瘦瘦的，戴着眼镜，穿了件皮大衣，里面是胭脂色的毛衣，很好认的……”

“谢谢，我这就去找找看。”

“听到您这样的大美人儿跟他说话，他肯定会很高兴的，”相泽理惠和善地笑了笑，“啊，要是您见着他，能不能帮我转告他，让他今晚早点回来啊？我买了条很不错的金枪鱼——”

“好，我会转告他的。”

志穗再次道谢，离开了美发厅。

一位年轻的女理发师站在屋外，抽着烟。

见到志穗，她笑着说道：

“真受不了，我们店里没有能抽烟的地方。”

见她的笑脸如此爽朗，志穗便随口问道：

“我问你个事儿成吗？相泽先生平时为人怎么样啊？”

理发师脸上的笑容顿时消失。

她犹豫了半天，狠狠撂下一句话。

“他就是个梳头师的相公。”

“……”

“老板娘对他死心塌地的，可店里的姑娘都不喜欢他。”

“他那么惹人厌啊？”

“你见到他就知道了——”理发师含糊其词，“我不能透露太多，也不想说。老板娘人很好的，所以我们都忍着。”

志穗点点头，道了谢，与理发师告别。

前往老板娘说的那家柏青哥店。

相泽义彦，梳头师的相公——志穗忽然对他产生了好奇。

与此同时，片区搜查本部接到了一通电话。

是个女人打来的。

“呃……我昨天从目黑坐山手线去了五反田，在车上看到了一个色狼——”

“不好意思，能麻烦您报一下姓名和联系方式吗？”

警员顿时紧张起来。

因为他想起了那个在五反田站向车站工作人员反映色狼问题的中年妇女。

“非说不可吗？我不太想说啊……”

“我们不会给您添麻烦的。可能的话，还是请您给一下吧。”

“啊……可我真的不方便说啊。”

女子就是不肯让步。

匿名的情报提供者并不少见，但抱着搞恶作剧的心态提供假情报的人也很多。

如果情报提供者不愿自报家门，那就只能想方设法确认情报的真伪了。

“那就不用报名字了。能请您尽可能地描述一下那位被害者的着装吗？”

“女人的着装吗？”

“是的。”

“她穿着大衣和迷你裙，颜色……好像是黑黑的那种，但我不记得具体是哪种了。她长得可漂亮了。”

“原来如此……”

警员愈发紧张了。

因为这名女子描述的着装与被害者的完全一致，而媒体并没有报道她的着装。

“而那个色狼……”

“嗯？”

“戴着眼镜，算不上中年人，但也不是太年轻。高高瘦瘦的，头发长长的，大概到脖子这里吧。穿着皮大衣。下面是红兮兮的毛衣——”

警员奋笔疾书。

她的描述非常具体，可行度很高。

这个女人目击到了凶手！

警员如此确信。

“那种人真是太可恶了，你们可一定要抓住他啊！”

眼看着她就要挂电话了。

“啊，请稍等，我还有问题要问——”

警员赶忙喊道，可电话已经断了。

他只得重新打量起自己的笔记。

“眼镜。不算中年，但也不年轻。高高瘦瘦，头发略长。皮大衣，红兮兮的毛衣……”

脑中能勾勒出犯人的具体轮廓。

杀死三名年轻女性的，就是这个家伙。

厌女男

1

志穗来到老板娘所说的柏青哥店。

她很快找到了相泽义彦。

骨瘦如柴，个子很高。

专心致志地打着柏青哥。

戴着眼镜，叼着香烟。

头发比较长。

大概三十岁上下，长得还挺帅，但给人种很随便的感觉。

他应该比理惠年轻。也许是这种爱闹别扭，好似不良少年的外表，勾起了她的母性本能吧。

相泽的技术很不错。

他的脚边堆着三个装满小钢珠的塑料盒，机器的格子里也装满了钢珠。

他接连打出好几个幸运七，机器里传出震耳欲聋的音乐。

志穗站在旁边等了一会儿，可再等下去，他也不会收手的吧。

无可奈何之下，她只能自报家门，表明身份，提出要问他几个问题。

“非得现在问吗？”

相泽一脸的不耐烦。

“拜托了，不会占用您太多时间的。”

“话是这么说，可我正走运着呢。”

“很快就好。”

“好好好——”相泽响亮地“切”了一声，将香烟掐灭在烟灰缸里，齐声说道，“你等一会儿”。

他将塑料盒叠起来捧在胸口，朝奖品兑换处走去。

之所以把其他钢珠留在机器里，是因为他准备一会儿回来继续打吧。

相泽的身姿完全消失在两排机器之间……

志穗掏出手帕，抓起烟灰缸里的烟蒂，再将烟蒂装进随身携带的塑料袋里，塞进手提包。

警方能通过烟嘴中的唾液查出相泽的血型。

为什么要查相泽的血型？志穗也说不清楚。只能用“直觉”二字来解释了。

柏青哥店里太吵了，没法交谈。

她决定带相泽义彦出去说。

一问他就承认了——周二早上，他的确接过一个年轻女人打来的电话。

“她想洗个头，剪个头发。我说我们店周二休息，不开门，可她说让我们帮帮忙，真够烦人的——”

“于是您就给推了？”

“店里的姑娘都没来上班，我老婆都没起来，不推能怎么样啊。”

“那她有没有说她为什么急着洗头剪头发啊？”

“没有啊，她没说。”

“那您有没有问她的名字啊？”

“要是她要预约，我肯定会问的。可我都把人家推了，还有什么好问的啊。”

老板娘也说过同样的话。

“那您还记得什么细节吗？”

“她还问我知不知道哪家美发厅是周二开门的。”

“您告诉她了吗？”

“告诉个屁啊。我又不知道。”

志穗紧咬下唇。

给美发厅打电话的，十有八九是清原静江。

然而，她并没有确凿证据，就算证明了清原静江的确在遇害前给美发厅打过电话，也不能得出任何结论。

遇害前，清原静江急着去美发厅。而犯人在行凶之后割下了她的头发。两件事之间有什么联系吗？

不知道。

相泽还以为志穗之所以沉默不语，是对他的答案不甚满意。

“你要我说什么才满意啊。我什么都不知道，没说两句就把电话挂了——”他两手一摊，大声说道，“我每个星期就礼拜二一天休息，很忙的好不好，我急着回去办事呢。”

当然，相泽并没有任何责任。志穗赶忙道歉。

“感谢您的配合。我都问完了，您去忙吧。”

相泽哼了一下，正要走回柏青哥店。

“啊，对了，我差点忘了——”志穗想起了理惠的委托，赶忙喊住相泽说道，“您太太让您今晚早点回去，说她买了条很不错的金枪鱼。”

相泽回头。

盯着志穗的脸。

志穗不禁一慌。

因为相泽的视线异常冷酷。

他冷笑一声，让人毛骨悚然。

“谁要吃那女人做的金枪鱼啊。一股洗发水味儿，恶心死了。”

他没好气地说道。

那阴郁的声音深深刺入志穗的心中，仿佛用刀在她心头留下了不可磨灭的伤痕。

相泽回到了柏青哥店。

志穗呆若木鸡。

难怪美发厅的姑娘们都很讨厌相泽，志穗也不喜欢他。

打心底里地厌恶。

2

与此同时，袴田正独自坐在神保町的咖啡厅里。

神保町是远近闻名的旧书一条街。咖啡厅很是小巧精致。

在大崎站的小卖部跟清原静江说过话的青年姓夕张。

这个姓氏很稀罕，但他并不是北海道人。

他在等的就是这位夕张。

他已经去JR★★物流的饭田桥总公司打听了不少情报。

听说夕张正忙着准备司法考试。

每周只能打工两天。

他年纪轻轻，却已经成了家，而他的妻子也在工作，补贴家用。

袴田能想象出一对满怀希望，坚强面对生活的年轻夫妻的身姿。

——我也有过这样的岁月。

袴田忽然心想。

然而，现在的他，孤身一人。

在外头是一个人，回家了也是一个人。

平时他尽量不让自己往这个方向想。

嘴里的咖啡好苦。

十分钟后，夕张来了。

“不好意思，我迟到了……”

坐定后，他坦诚地道了歉。

“没事没事，休息天还把您叫出来，我才过意不去呢。”

袴田也低头说道。

“没关系，反正我没心思复习，正烦着呢。要是偷懒，我老婆会啰唆死的……”

“听说您在准备司法考试？”

“是啊，从大四开始的，今年是第三回了。说什么都得考过呀……”

夕张爽朗地笑了笑。

多好的青年啊。

虽然称不上帅气，但从他的笑脸中能看出他的聪明与率直。

然而，刑警是桩苦命的差事。

他们不会用第一印象判断一个人，也不能这么做。无论是谁，都有表里之分。而打探人的内心世界，才是刑警的工作。

袴田观察夕张时最先注意到的并非那张爽朗的笑脸，而是他手上的手套。

除非特殊情况，否则东京不会冷到需要戴手套的程度。

更何况他进了咖啡厅还戴着手套，就非常反常了。

清原静江的指甲里留有凶手的血痕。

换言之，清原静江狠狠挠了凶手的手……

——也就是说，凶手手上肯定有伤痕。

袴田没有表现出心中的怀疑，而是不动声色地从胸前的口袋里掏出一支活动铅笔说道：

“想必片区的刑警们问过您相同的问题，但我也是照章办事，没办法，还请您多多见谅。”

他打开笔记本，按了按活动铅笔。

接着，他皱起眉头喃喃道：“怪了……”

“怎么了？”夕张问道。

“哦，铅笔好像有点问题，笔芯不出来啊。我上了年纪，手指会颤，能不能请您帮我弄一下啊？”

“没问题。”

夕张接过铅笔，摘下右手的手套，按了按铅笔。

“这样就行了吧？”

他将铅笔递回给袴田。

“太感谢了——”

袴田的感谢发自心底。

因为夕张的右手上没有抓痕。

能确认这一点，袴田真的很欣慰。

见夕张又要套上手套，袴田直截了当地问道：

“不好意思，请问您为什么要在店里戴手套啊？”

“哦，”夕张难为情地挠了挠头，“其实这是我老婆在结婚纪念日送给我的礼物，要是我不戴，她就会大发雷霆，所以我养成了一直戴手套的习惯……”

“哟，这么疼老婆啊……”

“我老婆想当化妆师，每周会去新宿的专科学校上两天课。学业已经很忙了，可她还去花店打工补贴家用，我都不知该怎么感谢她才好。”

“啊呀，小夫妻这么恩爱啊，真让人羡慕——”袴田笑道，但随即绷起了脸，盯着记事本说道，“我有几个有关清原静江小姐的问题要问您，请您把您记得的都告诉我，多小的事儿都行。”

3

柏青哥店斜对面有家快餐店。

志穗坐在窗边，监视着柏青哥店的情况。

已经入夜了。

商店街上的行人与前来购物的主妇越来越少,而年轻人则越来越多。

她在等待相泽从店里出来。

妻子做好了下酒菜等他回家，但他并不打算回去。

——他要干什么呢?

志穗决定跟踪他，一探究竟。

快餐店是先付钱后领食物，不用担心在买单时浪费时间，跟丢目标人物。

这个相泽，让她“牵肠挂肚”。

清原静江的头发被割断了——她很关注这一点。也许就是因为这个，她才会对“梳头师的相公”相泽耿耿于怀的吧。

美发厅周二休息，而相泽每周二都会出门。

女人们总是在周二遇害，是不是因为凶手只在周二出门呢?

——在休息天杀女人的男人。

而且这个男人，总有种毒蛇般的滑腻感。

也难怪美发厅的姑娘们会讨厌他。

志穗只见过他一次，可也对他深恶痛绝了。

志穗是诱饵搜查官。

她总会随身携带一些用来“乔装打扮”的工具。说乔装打扮可能有些夸张吧，反正她能随时改变自己给人留下的印象。

用发带把头发扎起来，换个口红的颜色，脱下大衣——只消这几个小动作，女人的外观就会发生巨大的变化。

只要不故意接近，相泽绝不会察觉到志穗。

然而——

相泽就是不出来。

她都等了一个多小时了。

汉堡和薯条都太油了，她不爱吃。

就喝了三杯咖啡。

柜台的女员工开始盯着她看了。

——来了！

相泽总算出来了。

刚一出来，他就进了柏青哥店旁边的小巷，肯定是想把奖品换成现金。

志穗已经确认过了，那里有个奖品交换处。

不能慌。

她决定耐心等待。

不一会儿，相泽出来了。

吹着口哨，八成是赢钱了吧。

志穗走出快餐店，跟了上去。

相泽走进商店街的寿司馆。

寿司馆很小，估计只能坐柜台。

他是去吃饭的吗？

就算志穗改头换面了,可要是坐在同一个柜台,总会被相泽发现的。

她只能在外头等了。

附近没有能让她监视寿司馆的咖啡厅。

无可奈何之下，她只能钻进小巷，藏在药店的招牌下，盯着寿司馆的大门。

也许相泽会在里头喝个小酒什么的。

如果等一个小时他还不出来，那还是打道回府的好。

然而，相泽不到三十分钟就出来了。

手里提着一盒寿司。

他是想随便垫一下，买上一盒寿司回家吗?

不。

他往自家的反方向走了。

商店街角落里有一片小酒馆和酒吧。

相泽走进了其中一家卡拉 OK 吧。

志穗犹豫了。

酒吧并不大，但也不是只有柜台的小店。

店里肯定很昏暗，就算志穗跟进去了，也不会被相泽发现吧。

而且她实在不想再等在外头了。

五分钟后，她一咬牙，踏进店里。

她很快找到了相泽。

进门左手边是个马蹄状的柜台，右边则是一张张桌子，正面则是个唱卡拉 OK 用的小舞台。

相泽独自坐在紧邻舞台的桌子旁。

志穗悄悄坐在吧台的角落。

一个女人独自来卡拉 OK 吧会显得很不自然，但只要坐在不那么显眼的地方，就像在等人一样了。

她点了杯啤酒，用眼角余光盯着相泽。

这家店的姑娘们好像也很讨厌相泽。

姑娘们给相泽端去日本酒、白水、冰块和下酒菜之后，就再也没靠近过他的座位。

分明在躲他，甚至有点怕他的意思。

然而，相泽并不介意。

他自顾自地兑着酒，泰然自若地喝着。

——他想干吗?

志穗无法理解相泽的心思。

——在这种地方喝酒有什么意思?

一看就知道姑娘们对相泽深恶痛绝，就算相泽的神经再大条也会注意到的吧，而且他也不是冲着某个特定的姑娘来的。他备受冷遇，肯定很不自在，那他为什么还要跑来这家店喝酒呢?

是为了找碴儿吗? 明知店里的姑娘讨厌他，却偏要来喝……也许这也是一种享受美酒的方式吧。

不过……

——这人可真讨厌。

志穗对相泽的厌恶感越来越强了，同时开始对着一瓶啤酒发愁。

一个女人，没法在酒吧里待太久。

要是相泽还是干喝酒，她就只能出去了。

就在这时。

一位姑娘唱起了DREAM COME TRUE的名曲《LOVE LOVE LOVE》。

而相泽开始起哄了。

“好大的屁股哦。”

“哟，妆要掉下来了！”

“酒都变难喝了！”

“声音难听死了！”

“听不下去了！”

“你在床上也是这种声音吗！”

他说的话越来越难听。不光是猥琐，还有深不知底的恶意。他边骂边笑，打心底里地享受这个过程。

——他很讨厌女人。

志穗忽然心想。

相泽讨厌女人。

姑娘们的本能察觉到了这一点，所以她们才会如此厌恶相泽。

——厌女男。

台上的姑娘拼命忍耐，努力歌唱着。

然而，她的声音逐渐沙哑，身体开始瑟瑟发抖。

店里鸦雀无声。

谁都不敢说话。

只有伴奏和姑娘的哭声，还有相泽的笑声。

酒保猛地将湿纸巾摔在吧台上。

脸色都不对了。

他冲出柜台，来到相泽面前。

“给我滚！以后也别来了！”

那是强忍着怒气的声音。

“干吗啊，要赶我走吗？我可是这儿的老主顾哎。你能得罪上帝吗？”

相泽满脸奸笑。

“混账，你算哪门子的老主顾。我不要你的钱，给我滚！”

酒保一把抓住相泽的胸口，想把他拽起来。

相泽迅速采取行动。

相泽一头顶在酒保的脸上，酒保大叫一声。接着，相泽又用膝盖踹了他的腹部。酒保捂着肚子，弯下腰。这时，相泽又毫不留情地对准他的侧头部来了一拳。咚！

酒保倒在桌上。玻璃杯摔在地上，碎了。

酒保也滑落在地。

趴在地上，一动不动。

一切发生在转瞬之间。

相泽很会打架，也很能打架。他深谙将对手彻底打倒的诀窍。他不仅仅是凶暴，更给人以奸诈阴险的印象。

“大伙儿都看见了吧？是他先动手的哦——”相泽还是满脸奸笑，“暴力酒吧，黑店，但我是好心人，不会因为这个就不来捧场的。”

他将一张五千大钞甩在桌上，大放厥词道——“我还会再来的。”

接着，他狂笑着走出了酒吧。

志穗赶忙跟上。

出乎意料的是，相泽直接回家了。

他按下美发厅的门铃。

店里亮起了灯。

妻子理惠打开门。

她好像抱怨了几句，可相泽举起了手中的寿司。

理惠的态度立刻软化了。

她兴高采烈地接过寿司，将身子靠在相泽身上。

两人依偎着走进店里。

志穗傻了。

梳头师的相公。

恐怕理惠并不知道自己的丈夫是如此凶暴的男人，她做梦也不会想到，他竟是那么讨厌女人。

相泽打心底里讨厌女人，可又让女人养着他，每天游手好闲……

——那家伙就是凶手。

志穗如此确信。

她激动地浑身颤抖。

她认定，自己终于找到了真凶。

危险的约会

1

两天后，星期五……

鉴识课将报告送达特被室（特别被害者部办公室）。

志穗将相泽留在柏青哥店的烟蒂送去了鉴识课，委托他们鉴定烟嘴上的唾液。

报告书就是关于相泽的血型的。

志穗看完报告，激动得浑身一颤。

相泽是B型分泌型！

深山律子大衣上的精液和清原静江指甲中的血液都是B型分泌型。

当然，全日本有无数B型分泌型的男人。就算血型一致，也无法凭这一点认定凶手就是相泽。

只是无法排除他是凶手的可能性而已。

然而——

即便如此，这依然是佐证“相泽是凶手”的重要材料。

志穗还委托鉴识课将烟蒂上的指纹与案发现场采集的指纹进行比对，但结果并不理想。

品川站桥上厕所、第二站台厕所采集到的指纹多如牛毛。

鉴识课人员有限，还没把采集来的指纹整理好。

因此鉴识课只能在警视厅的指纹记录和电脑数据库中检索相泽的指纹，可目前为止毫无斩获。

志穗本以为用来攻击清原静江的那块石头上能查到指纹，但遗憾的是，上头并没有查出指纹来。

“凶手攻击清原静江时可能戴了手套，要么就是用手帕把石头包住了——”

袴田也收到了报告书。他戴起老花眼镜，边看边念叨：“怪了，这个凶手有时候很随便，有时候又很小心……”

“袴田大哥，鉴识课的报告上写什么了啊？”

“没什么。不是有个送杂志去小卖部的年轻人叫夕张嘛，他碰过我的活动铅笔，为保险起见，我就把铅笔送去化验了。”

“然后呢？”

“跟相泽一样，没啥结果。就是沾了些奇奇怪怪的东西。”

“奇怪的东西？”

“嗯，”袴田点点头，看着报告说道，“对羟基苯甲酸酯、高岭土、滑石粉，还有……云母。”

“那是什么东西啊？”

“天知道，”袴田歪着脑袋，看回报告，“云母、滑石、黏土，还有类似颜料的东西……”

“那‘对羟基苯甲酸酯’是什么啊？”

“不知道啊，上头没写。”

“那个夕张不是在准备司法考试吗？莫名其妙……难道他喜欢搞美术？”

“我哪儿知道啊。我对鉴识没啥兴趣，要是有点兴趣，也能自己分析一下了——”袴田摘下老花镜，“关键是那个相泽的血型是B型分泌型啊……”

“他老婆每天勤勤恳恳地工作，赚钱给他到处玩儿。不过他平时还挺顾忌老婆的，傍晚之前不会出门。只有周二能堂堂正正地一大早跑出去。”

“周二有空的男人啊——”

“也就是说他有空在山手线上干坏事，也有空杀人。”

“他的确很符合凶手的条件。”

袴田陷入沉思。

电话响了。

今天特被室里只有志穗和袴田在。

平时负责接电话的柳濑君江也出去了。

袴田接起电话说道：

“喂，特被室。啊，太感谢了——”

袴田殷勤地说着。突然，他的表情紧张起来。

“什么？”

他仔细听着对方的话，奋笔疾书。

对方说了好久。

袴田道了谢，放下听筒，盯着志穗，一脸严肃地说道：

“天上掉馅儿饼了。”

“啊？”

“哦，我之前想着相泽是这种人，以前说不定惹过什么事儿，就找管理大崎玉大道的巡警亭打听了一下。”

“结果呢？”

志穗也紧张了起来。

“他们说，去年十月，相泽曾打伤过一个年轻女人——”

“……”

“那个女的不知是泰国人还是菲律宾人，是酒吧的女公关。晚上她跟走在路上的相泽说了句话，就突然挨打了。”

“啊？怎么回事啊？”

“那女的好像是妓女。不是专业妓女，算是……半专业吧，站街的那种。在路上跟男人直接谈，谈妥了就去酒店。那天晚上她也在找顾客，碰巧遇上了相泽，刚一开口，相泽就动手了，把人家的鼻梁打断了。”

“太过分了，他干吗要这样啊……”

“相泽跟巡警亭的警官说，那女人太脏了。听到妓女跟他搭话，他的火气就蹿上来了，忍也忍不住。”

“……”

“那女的毕竟是妓女，有软肋，而且签证也过期了。相泽给她塞了点钱，这事就不了了之了——”袴田皱起眉头，“巡查很同情那女的，说他从没见过这么恶劣的男人。把人家姑娘打成那样，简直不是人，跟疯狗没什么区别。”

志穗回忆起相泽在卡拉OK吧欺负姑娘时的样子。

凶暴，卑鄙。

因为他靠经营美发厅的妻子过活，产生了自卑感吗？还是说他本就轻蔑、厌恶女人，才会泰然自若地吃软饭，跟一个他并不爱的人过日子？

那位巡查说得没错。

相泽，就是条疯狗。

长此以往，一定会有更多女人吃哑巴亏。

“还有——”袴田的声音因激动而颤抖，“听说案发当天在电车里目击到咸猪手的女人打电话去本部了，但她没说自己的名字。”

“是那个向五反田站的工作人员反映的中年妇女吗？”

“本部说这个可能性很高。之所以不肯说名字，也是怕被卷进麻烦事里吧。如果只是单纯的咸猪手也就罢了，这次可是杀人案啊。那人在电话里描述了色狼的容貌——”

“……”

“不是很年轻，但也不是中年人。戴着眼镜，高高瘦瘦的，头发有点长。简直跟相泽完全一致啊！”

“岂止是一致啊！她说的就是相泽啊！——”

志穗惊呆了。

“她还描述了色狼的着装——”袴田低头看了眼便签，“皮大衣，红兮兮的毛衣。你对这身衣服有印象吗？”

“相泽穿的就是皮大衣和胭脂色的毛衣！”

志穗站了起来。表情都僵住了。

“我再去查查相泽——”

今天是周五。

下一个周二马上就到。

没工夫磨蹭了……

浑身充满了焦躁感。

“我也去和本厅的井原谈谈。无论他是不是真凶，都不能放着他不管。”

袴田拿起听筒。

志穗来到大崎站。

今天也刮着大风。

山手线站台上非常冷。

志穗拿出相泽的照片，找到小卖部的大妈问道：

“请问您对这个人有印象吗？”

玉大道商店街每年会组织大家去上野赏花。警方问民生委员借来了集体照，将相泽的部分扩大，复印了好多份。照片虽然不是很清楚，但能勉强辨认出相泽的相貌。

“唔……没有啊，毕竟我一天要跟好几百号人做生意呢，不可能记得每个人啊——”

大妈摇头说道，但志穗并没有气馁。

她只是问一下以防万一。

清原静江下车后，相泽应该没有出现在她周围。因为接电话的人就是他。要是大妈目击到了相泽，事情反而说不通了。

“话说清原静江小姐在案发当天买了什么啊？”

志穗忽然问道。

“湿纸巾呀。你知道湿纸巾是什么吧？——”

“湿纸巾？她买那个干什么啊？”

“不知道啊，大概是为了换零钱打电话吧。啊，我想起来了，她还用那边的水龙头把手帕弄湿了，是不是想把衣服上的脏东西擦掉啊？我忙着跟送杂志的男孩子聊天，没怎么注意她。”

“送杂志的男孩子？是夕张先生吗？他是挺年轻的，不过已经结婚了吧？”

“没错没错，夕张。管结了婚的人叫‘男孩子’是不是不太好啊？嗨，到了我这个年纪啊，看谁都是男孩子啦。听说他们小夫妻老是拌嘴呢。新婚宴尔嘛，都是这样的。我跟我家那口子也是这样的，所以我一见到夕张啊，就会聊些夫妻吵架的事儿。”大妈说得眉飞色舞，“他说啊，有时候他们还会打起来呢。别看他长得那么老实，跟老婆吵起架来啊，就不一样喽。我就跟他说，啊呀，让你老婆练练手不是正好……”

“不好意思啊，您那么忙还来问这问那的，太感谢了。”

志穗赶忙打断大妈的唠叨，道了谢，离开了小卖部。

她没有时间陪大妈聊夫妻吵嘴的话题。

志穗走出车站，赶往玉大道。

“相泽理惠美发厅”的生意很好。

这不，屋里有好多顾客。

理惠与姑娘们一同忙活着，但相泽不见人影。

警员们也许会在万不得已之下冲进美发厅逮捕相泽。

还是提前确认好出口为好。

志穗弯进一条小巷，来到美发厅后方。

这里有个后门。

有个垃圾箱，旁边则是堆满了空化妆品瓶子的纸板箱。

一辆自行车靠在墙边。

很旧的车，一看便知它年份已久。

相泽理惠胖嘟嘟的，很难想象她骑自行车的模样。

因此骑车的不是相泽，就是店里的其他姑娘。

志穗皱起眉头。

清原静江遇害后，凶手是如何逃离案发现场的呢？这是困扰警方的一大问题。

如果凶手就住在案发现场附近，骑车逃回家了呢？

品川站的桥上厕所、第二站台厕所的案件，与发生在大崎站附近的公园的案件有着微妙的不同。

前两起案件的被害者先是在电车上遇到了色狼，之后死在了车站里。而清原静江不一样。她从大崎站打电话去了“相泽理惠美发厅”，却在车站旁边的公园一命呜呼……

这究竟是怎么回事？

相泽说，他周二都会一大早出门。在前两起案件中，凶手都是直接在车上物色猎物的。莫非第三起案件发生的那天，他碰巧晚出门了一会儿？

志穗还没把这些事整理清楚。

唯一确定的是，犯人使用某种手段，逃离了大崎站附近的公园。

警方展开了如此大规模的搜查，却没能收获有力的目击证词。

换言之，凶手的逃跑方法正中警官们的盲点。

——凶手就住在附近，逃跑时用的是自行车……

志穗忽然想起，相泽穿的是胭脂色的毛衣。

就算被害者的血溅到他身上，也不会太引人注目。

她再次打量起那辆自行车。

那是专门用来买东西的车。

龙头前面有个车兜，车兜底部挂着块破布条。

志穗戴上手套，仔细检查。

不仔细看甚至很难发现。

但是，布条的一角上，好像有某种污渍。

像是，血迹。

袴田之前是怎么说的什么来着?

——凶手攻击清原静江时可能戴了手套，要么就是用手帕把石头包住了……

志穗兴奋得汗毛竖起。

她终于得到了物证。

2

周六，晚上八点……

“山手线过路杀人狂连环杀人事件”的专属调查员们齐聚位于片区警署的搜查本部。

其中还有不少刚从调查现场回来的。

总共二十多人。

搜查本部长、本厅一课、鉴识课组长、一课的井原主任、“本部事件组”的那矢检察官都到齐了。

特别被害者部派出志穗与袴田出席会议，他们还是得坐在会议室的角落，如坐针毡。

警官们之所以面露紧张，是因为他们认定，这回找到的一定是真凶。

“相泽的血型是B型分泌型。他的妻子开了家美发厅。他只有每周二才能休一整天。换言之，如果凶手是他，就能解释山手线过路杀人狂案件为什么总是发生在周二了——”井原主任说道，“我刚才也说了，相泽有对女性施暴的前科，警方有记录的足有三起。去年他还打伤了一个泰国女公关，把人家的鼻梁打断了，可见他非常凶暴。但三起事件的被害者都没有起诉他，包括那个泰国女公关在内。”

“为什么被害者不起诉他啊？”一名刑警问道。

“还有一名被害者也是站街的妓女，在街上跟相泽搭话的时候被他打了，想告也没法告。另一起案件发生在三年前，受害者是跟相泽同居的女人，说她险些死在相泽手上都不为过，肋骨都断了。负责案件的刑警再三劝她把相泽告上法庭，但她就是不答应。她被相泽吓死了，还跟刑警说，要是我真告了，天知道相泽会怎么报复我……”

井原停顿片刻，转向本厅鉴识组长。

鉴识组长点头道：“在美发厅找到的布条上沾有血迹。血型与被害者清原静江的完全吻合。清原静江是AB型非分泌型。众所周知，非分泌型在日本人中所占的比例不过百分之二十，因此布条上的血迹很有可能属于被害者——”

警官们一阵骚动。

“但是！”为了让警官们冷静下来，那矢检察官高声说道，“我们只能说‘血迹属于被害者的可能性很高’，并不能确定那就是被害者的。所有日本人中的百分之二十也不是小数目。AB型非分泌型的人满大街都是。而且……遗憾的是，布条上的血迹并不能作为呈堂证供——”

警官们纷纷露出讶异的表情。

“北见搜查官未经许可，擅自扣押了布条。虽然情况特殊，可她只是个司法巡查，没有申请许可的资格。北见搜查官本应通过司法警察员申请搜查、扣押的许可，走正规的手续。很遗憾，北见搜查官并没有这么做。所以我不得不说，法庭是否会认可这一物证还有待商榷。”

警官们齐刷刷地望向志穗，羞得她不禁蜷缩起身子。

她在本厅上课时学过扣押证据的手续，可她当时一时激动，忘了。

毕竟她在意料之外的地方发现了血迹，亢奋难耐。而且她还抱有一丝侥幸心理——不就是个布条嘛。

然而，再小的布条也是他人的所有物。她的确应该提前申请搜查令。

否则，扣押的东西就无法成为呈堂证供。

刑事诉讼规则绝不承认例外。

那矢检察官本就是反对诱饵搜查的排头兵。天知道他会怎么责备自己。想到这儿，志穗简直生不如死。

然而……

“不过那就是个布条。要是真等搜查令下来了再查，相泽一定会将布条处理掉，北见调查官也是出于无奈——”没想到那矢检察官竟在帮志穗说话，“总而言之，相泽是现阶段的头号嫌疑人。照理说我们应该让暴力事件的被害者控告相泽，将相泽拘留起来，但井原主任刚才也说了，被害者们并没有控告相泽的意思。”

志穗对那矢检察官改观了。

那矢检察官是活在法律中的人。他反对“诱饵搜查”这种手法。但他还是认可了志穗的功绩。

虽然志穗并不喜欢他，但也不得不承认，他是个公平公正的检察官。

“那有可能请他来警局配合调查吗？目击证人描述的电车色狼和相泽的容貌完全吻合，但我们无法锁定目击证人的身份，也就无法请她出庭做证。相泽闹出了三起暴力事件，却总能全身而退，由此可见他是个非常狡猾的男人。要是他老老实实跟我们来警局也就罢了，要是他不答应，那我们也没有确凿的证据强制他来，这样反而会给他湮灭证据的机会。”

那矢检察官的喉结一上一下，脸上露出交织着愤怒与不甘的复杂表情。

“换言之，我们要逮捕相泽，只能寄希望于抓他个现行。我们不能等到下周二了。上诱饵！希望各位警官全面配合特别被害者部！”

3

周一是个雨天。

天色突然变暗，温度也低了不少。

莫非要下雪？可九点过后，冰凉的雨仍下个不停。

大崎站附近停了一辆警车。

当然，车顶没有亮灯，车里也没有开灯。

志穗他们在车中待命。

九点半。

“理惠出门了，家里就相泽一个人。”

监视着“相泽理惠美发厅”的刑警用无线电发来联络。

“收到——”

回答的刑警中气十足。

每周一晚上，理惠都会留丈夫一个人看家，和街坊邻居家的主妇们去卡拉 OK 唱到深夜。想必这也是她每周一次的发泄时间吧。

警方早已确认过这一点，但理惠外出之前，警官们依然担心相泽到底有没有机会独处。

“好，开始吧——”

袴田按下手机的通话键，确认电话通了，递给志穗。

志穗将手机贴在耳边。

“喂。”

似曾相识的声音传来。

是相泽的声音。

“啊，请问是‘相泽理惠美发厅’吗？我在大崎站看到了你们的广告——”志穗用假声说道，“我知道已经很晚了，可能不能请你们帮我洗个头，剪一下头发啊？我有些特殊情况，一定要现在剪……”

“我们已经打烊了。”

相泽的声音很冷淡。

“啊，我知道，可我真的有难处，能不能帮帮忙啊。呃，还有，我是第一次去你们那儿，不知道该怎么走……”

志穗在心中祈祷着，演得也更投入了。

眼前有一条通往高架的斜坡。高架上车水马龙，轮胎的摩擦声带来频繁的震动，嗡嗡嗡。

然而，这里很安静。

而且很暗。

沿着支柱滴落的雨水也悄然无声。

志穗站在高架下方。

等候相泽。

黑暗中，潜伏着十多位刑警。

上头下令，刑警们要与志穗保持至少三百米的距离。刑警们离开公园，四散在各处。

无论看得多聚精会神，都无法看到刑警们的身影。

相泽非常狡猾。

如果发现可疑人影，他也许会察觉到志穗是诱饵。

绝不能接近相泽。

必须等到时机成熟，再一鼓作气冲上去。

否则就无法抓现行。

——犯罪现场与逮捕现场一致，且罪犯在逮捕者面前犯案，因此犯罪与犯人的关联非常明确。

这就是逮捕现行犯的条件。

进行诱饵搜查时，警方必须等待嫌疑人上钩，但又得在他没有完全得逞之前将他逮捕。

这个时机极难把握。

志穗很担心。

她产生了强烈的不安。就好像她得独自面对杀人犯一样。

她的挎包里装着无线小型麦克风。

这是连接她与刑警们的唯一纽带。

一瞬间，志穗僵住了。

因为她看见公园暗处有个人影在摇晃。

然而，那是个流浪汉。

穿着好几件衣服，弓着背，慢悠悠地走着。

浑身湿透。

有几个流浪汉住在这座小公园里。

一下雨，他们就会躲到别处去。

志穗对流浪汉们产生了同情。就不能想办法帮帮他们吗?

不过现在她只盼着流浪汉们早点离开。

有其他人在，相泽也许就不会接近志穗了。

她最担心的莫过于此。

流浪汉动了。

等志穗回过神来才发现，他已然冲到自己面前了。

唰！男子的右手画出一道弧线，朝她的头顶落去。

志穗赶忙一躲。

用布包着的石头掠过她的肩膀，挎包被打下来了。

——麦克风坏了！

志穗在脑中惨叫一声。

男子……不，是相泽，再次举起右手。

包裹在布条中的石头击打着雨水，在黑暗中舞动。

“贱人！”

相泽吼着。

志穗吓得身子一缩。

她以为她缩了。

但训练有素的身体条件反射般地挥动右手。

手镯滑进掌中，她握住手镯，将拳头砸进相泽的心窝。

相泽倒吸一口气。捧着肚子，弯下腰，露出了脖子。正当志穗准备攻击他的脖子时……

相泽是凶暴的，也习惯了打打杀杀，他不会任由对方攻击。他如野兽般敏捷。他就这么弯着腰，用肩膀撞了过来。双方的体重差得太远了，志穗被他直接撞飞了，泥泞绊住了她的脚，让她仰面倒下，相泽的身体压了上来。

她刚要喊，嘴就被相泽捂住了。

她看到了相泽的脸。

他竟笑得很开心。

雨水如此冰凉。

冰凉而又无情。

“果然是你，”相泽喃喃道，“你以为我会上你的当吗？我可没那么好骗。看我不拗断你的脖子！”

拗断脖子？不对劲啊。用石头砸清原静江的的确是相泽。但勒死她的另有其人。勒死女人，并不是他的作风。志穗的直觉如此告诉她。

相泽的手伸向志穗的脖子。

为什么我会在这种时候想到这些，发挥出这种潜力？志穗也不知道。

她一把抓住相泽的手，将它引向自己的胸脯。她分明感觉到相泽的手抖了抖。但她并不介意，而是将他的手紧紧按在了自己的乳房上，几乎快把乳房按痛了。

一瞬间，相泽软了，也松开了捂着志穗嘴巴的那只手。

“你怎么了，这就是女人——”志穗嘲笑道，“你怕女人，一个大男人，却怕女人怕得要死。窝囊废，你不是讨厌女人，而是怕女人！”

相泽的喉咙在漏气，那也许是他的惨叫。

这时，一个人影从天而降，掠过相泽的身体。咚！肉体碰撞的响声传来。相泽一声大喊，人影与相泽扭打在泥水中。

相泽起来得更快，将拳头砸向正要起身的对手，人影倒地，相泽撒腿就逃。

“哔——”

警笛声响起。

潜伏在黑暗中的刑警们蜂拥而来。

车顶灯亮起。

警车驶来，试图挡住逃犯。

相泽喊了些什么。

撞向警车。

警车急刹车。

但是来不及了。

相泽被撞飞。

他在发动机盖上反弹了一下，狠狠落在地面上。

刑警们纷纷惊呼。

“救护车！叫救护车——”

喊得最响的是井原主任。

然而，志穗的注意力并不在相泽身上。

她赶忙抱起救了她的人。

“别乱来啊！”袴田一声惨叫，“我的脚扭伤了……”

能发牢骚就说明没大问题。

志穗松了口气，却又火冒三丈。

“你干吗啊！也不想想自己多大年纪了！老头子一个了，居然从高架上跳下来，哪能这么胡来啊！”

“我不是说过嘛，关键时刻我一定会来救你的，”袴田对志穗微微一笑，“我这人啊，从来不撒谎。”

五反田站

1

星期二，上午九点二十分……

山手线五反田站一如既往的拥挤。

五反田站是JR与池上线的换乘车站。就算过了上下班高峰，也有许多乘客。

田崎英子也是其中之一。

她要去品川打工。

她呆立在站台边缘，凝视着五反田的风景。

想着家里人的事。

婚后一年，新婚宴尔的幸福劲儿已然褪去，单调的日常生活成了她肩头的重压。

她对丈夫没什么意见。

问题都出在跟他们夫妻俩住在一起的婆婆身上。

刚结婚时，她本打算等找到合适的新房子后就搬出去，没想到天长日久，与婆婆同住就成了既成事实。

婆婆很烦。

抬头不见低头见，一时一刻都放松不得。举个筷子都被人监视着。

丈夫的收入其实够用，但她还是出来打工了，其实这也是为了逃避婆婆。

然而她总不能这么逃避下去吧，总得面对现实。田崎英子并不准备一直这么过下去，必须跟丈夫说清楚。

丈夫很爱婆婆。

血浓于水，这也是理所当然的。可他既然娶了她，就应该将她放在第一位。

——我没法再跟你妈一起住了。

她想这么跟丈夫说，但迟迟找不到合适的时机。

——该什么时候说才好？该怎么说才好？

她很是烦恼。

每天一睁眼，就开始为这件事发愁。

电车进站了。

她想往后退一点。

然而，有人推了她的屁股一把，她开始往前倒了。

身体漂浮在半空中。

落向铁轨。

一瞬间。

她本人甚至没回过神来。

电车急刹车。

田崎英子死了。但她临死前仍在思考，该如何跟丈夫提出“想搬出去住”的要求。

星期四，下午……

日子过得真快。

相泽是周一晚上被捕的。一转眼，三天过去了。

他虽然被警车撞飞了，但没有生命危险。

他全身都有淤伤，当天晚上发了高烧。但昨天就退烧了，也有了食欲。

警官前往警察医院，在医生的见证下，对他进行了简单的审问。

志穗也拿到了他的供词。

相泽承认，用石头殴打清原静江的就是他。

——我都说了我们周二不开门，可那女人就是要洗头剪头发，也不想想人家要不要休息，自说自话，我越想越气。那种女人要是不好好教训一下，她就会一直这么嚣张下去。女人都这样，最好用拳头教训她们。我可没骗你。她还打电话来说不认识路，我就让她在那公园等着。我骑自行车过去，用石头打了她。我可没把她打死啊，我离开公园的时候她还活着呢。我说的都是真的，没开玩笑。我干吗要勒死她啊。我没勒过她，更没剪过她的头发，我烦透了女人的头发。另外两个女人？鬼知道啊。我从没勒过女人的脖子。你们想把屎盆子扣在我头上是不是？那可不行。你们要是冤枉我，我就保持沉默……

相泽如此供述。

由此可见，相泽的确是个凶暴且讨厌女人的男人，志穗的分析大致正确。

然而，志穗在那时感觉到的——“他不是会勒死女人的人”，也没错。

也许相泽说的是实话。他打了清原静江，但没有勒死她。

负责审问他的警官胸有成竹，认为他有足够的把握让相泽招认所有罪行。可志穗担心，再这么逼供下去，也许会屈打成招。

袴田的脚伤竟很严重，还没出院。

所以她只能找部长远藤慎一郎商量了。

今天，星期四——

远藤为了犒劳志穗，特地请她去日比谷的法国餐馆吃饭。

志穗大胆提出了她的疑问。

“我觉得，相泽是不进行性行为的强奸犯。强奸犯的力量明明要比被害者强很多，但他们还是忍不住对被女性使用暴力，拳打脚踢。因为他们憎恶女性，憎恶社会，但根本原因还是性错乱的表现。”

志穗谨言慎词，缓缓说道。

远藤的头稍稍歪了一些，精致的脸庞上看不出任何感情。

“但电车色狼是另一种性质的罪犯。那相当于犯罪心理学中说的‘玷污妇女’。他们紧贴被害者的后背，进行代替式的性行为，呃，然后——”

在远藤面前说这些未免有些尴尬，但她还是横下了一条心，毕竟，她是诱饵搜查官。

“他们会射精。也就是说，他们会暴露性器官，从广义上看，这是强制猥亵，也是某种恋物癖。当然，这种行为能给被害者带去心理上的痛苦，有‘施虐’的一面，但这并不是电车色狼的根本目的，他们的目的是获得性满足。”

“你的意思是，”远藤别有深意地望着志穗，“相泽不是电车色狼？”

“没错。”

“你认为勒死那几个女人的另有其人？”

“是的。”

“这话搜查本部可不爱听啊。他们认定犯人已经落网了。你要是在他们面前说这话，绝没有好日子过。”

“我知道。”

“那就好，”远藤露出温和的微笑，“放手干吧，特别被害者部会全力支持你的。”

“太感谢了！”

志穗欣喜异常。

服务生端来了咖啡。

她打心底里感叹，我从没吃过这么美味的法国菜。

2

志穗致电本厅，请接线员转接搜查一课六组的井原主任。

她本以为井原不会搭理她，没想到他竟一口答应，与志穗见一面。

只是他指定的见面地点很奇怪。

他问：“你能不能到山手线五反田站的站台来？”

“为什么要去那儿啊？我在日比谷呢，离警视厅很近啊。”

“你别问这么多，先过来再说。”

两人相约四点见面。

还没到晚高峰。

但五反田已然人头攒动。

井原正独自坐在站台的长椅上。

“给。”

志穗将她在自动售货机买的咖啡递给井原，井原腼腆地笑了笑。

那张笑脸居然很可爱。

起初志穗还以为井原是个很惹人厌的刑警，将特别被害者部视为眼中钉肉中刺。

然而，她渐渐发现井原只是特别忠诚于自己的工作而已。他一门心思追逐犯人，就顾不上别人的感受了。其实井原这个人本身并不坏。

“优秀的刑警”很难与“和善的性格”共存。

出乎意料的是，井原也认为，相泽可能与连环杀人案无关。

只是负责审问相泽的是一课四组的主任，井原总得顾虑着点儿。

“我同意，相泽不是那种跟着女人下车勒死她们的人。那家伙只是想对女人拳打脚踢而已。殴打清原静江的确是他干的好事，但他没有勒死她。”

“相泽的房间里没有桧垣惠子和深山律子的裙子吧？”

“没有啊。”

井原很是郁闷。

“如果相泽真是凶手，就无法解释桧垣惠子和深山律子为什么会乖乖就擒了。您是男的，也许无法理解，其实女人一看到相泽，就会产生某种本能般的厌恶。一个男人是不是讨厌女人，女人一眼就看出来了。要是相泽这种人在电车上乱来，还跟着自己下了车，女人肯定会发现的。”

“……”

“为什么在电车上碰到色狼的女人们会在车站放任凶手接近自己？我认为这才是这起案件的最大疑点。如果相泽是凶手，我们就无法解开这个谜团了，”志穗趁势说道，“而且我们还没搞清凶手为什么要剪清原静江的头发呢。她在车上碰到了色狼，所以在大崎站下车了——到这儿还没什么。但她为什么要在上学路上去美发厅呢？女孩子都知道美发厅周二不开门。但她还是给‘相泽理惠美发厅’打了电话，想预约一下……这究竟是为什么呢？我就是想不通。”

“先不说清原静江为什么要去美发厅。相泽之所以剪头发，也许是因为他在靠一个开美发厅的老婆养活吧，所以他对这一点非常自卑——审问相泽的主任就是这么想的。”

“井原警官，您同意这种观点吗？”

“不同意，”井原摇头道，“我之所以认为相泽不是凶手，最大的原因是他手上没有挠痕。你还记得吗？清原静江的指甲里留有凶手的血，她临死前肯定狠狠挠了凶手一下。可相泽手上没有任何痕迹，这也太不合情理了。”

“是啊……”

“你也有同感吧？”

“那您跟那位主任直说不就好了吗？”

“我说了啊，”井原又摆出一脸郁闷的表情，“可他反驳我说，相泽是周一晚上被捕的，第二天周二太平无事，这不正说明相泽是凶手吗？被他这么一说，我还有什么话说啊——”

“……”

“但山手线也不是完全没出事。有个年轻女人在周二那天掉进五反田站的铁轨，被电车轧死了。”

“啊？”

志穗惊讶地环视四周。

她压根没听说过这事，电视和报纸也没报道。

“其实她就是从站台上掉下去了，被涩谷那边开来的电车轧死了，大概都没上报纸吧。是早上九点多的事儿。山手线的站台本来就很挤，天知道是事故还是自杀。那个女的二十五岁，是个结婚刚满一年的家庭主妇，叫田崎英子。她正准备去品川的餐厅打工，专门管收银台的，没想到死在了半路上。片区一查，发现她的家庭很和睦，没什么逼得她非得自杀不可的问题。所以警方判断，她是被人群挤下去的——”

“掉下站台……”

志穗歪起脑袋。

前三名被害者都是被人勒死的。

凶手能感觉到女人在他手中逐渐死去，他的目的不是“杀死”女人，而是享受这个过程。

再加上他在下手杀人之前猥亵过她们，由此可见，他的行为源自某种极其扭曲的性冲动。

而将被害者推下站台就显得太过“功利”了，而且不包含任何“性”要素，极不自然。

“井原警官，您认为这起事件和之前的连环杀人案有关系吗？”

“那倒不是，”井原摇了摇头，“要是有人说，周二什么事儿都没有，那我就会说，不是出事了吗，仅此而已。说实话，我觉得这起事故跟案子没关系，因为被害者的容貌……”

“容貌？”

“嗯，这是田崎英子的照片。”

井原从包里掏出一个信封，抽出一张复印来的照片。

田崎英子长了张圆脸，显得很健康。留着短发，几乎没化妆。照片不是很清楚，但能看出她有点胖。而之前的三名被害者都是长发、苗条、戴耳钉。田崎英子并不符合凶手的口味。

“她长成这样，应该跟案子没关系吧。”

“你也这么想吗？我猜也是，”井原郁闷地点点头，“只是鉴识课的报告里有一点让我耿耿于怀——”

“哦？”

“啊，那个信封里应该有鉴识报告的复印件。”

“……”

“田崎英子虽然是被轧死的，但她的遗体还算完整。她的臀部有一个人类的掌纹。但掌纹不是很清楚，而且站台上人挤人，会留下掌印也没什么好奇怪的。只是鉴识课在掌纹里发现了某种类似颜料的东西，搞得我总觉得这事儿不那么简单。”

“颜料？”

志穗眨了眨眼。

不久前她好像听过类似的话，那是什么时候？在哪儿？又是谁跟她说的？

急死了，明知道那东西就在脑海的角落，可就是想不起来。

“是什么来着，”井原翻开笔记本，“啊，在这儿。高岭土、云母、滑石粉，这些都是矿物。还有橄榄油……还有叫‘对羟基苯甲酸酯’的防腐剂。鉴识课说，这些东西都是粉底里的。”

啊！志穗激动地站了起来。

她想起来了。

是袴田！袴田说，他把活动铅笔送去鉴识课，让他们查了查杂志配送员夕张的指纹。

铅笔上不就有那些东西吗！

3

志穗告别井原，立刻走进车站的咖啡厅。

给身在警察医院的袴田打了个电话。

袴田迟迟没有来接。

志穗都想过会儿再打了，就在这时，袴田终于接了。

“是我——”

“怎么了？”

“什么怎么了，不是你给我打电话的吗？”

“不是啦，我问你为什么过了这么久才来接。”

“我的脚扭伤了啊，走不动路啊。晚上也睡不着，就去护士休息室要安眠药了。白衣天使就是养眼啊。”

“真讨厌，人家都能当你孙女了好吧……”

“孙女也太夸张了吧。别看我这副样子，其实我还不到五十啊——”袴田话锋一转，“到底什么事啊？”

“之前你不是把活动铅笔送去本厅，查那个配送员的指纹吗？虽然指纹没对上，但鉴识课在铅笔上检测到了颜料似的东西。你还记得这事吧？”

“记得啊，怎么了？”

“你手头有纸笔吗？”

“有啊，有便笺纸。”

“我想让你帮我联系一下本厅的鉴识课，麻烦你记一下——”志穗缓缓说道，“请他们对比一下铅笔上检测出的成分，看看它和留在田崎英子裙子上东西是否一致。田崎英子是在五反田站被电车轧死的死者。只要联系五反田片区的鉴识课，应该能拿到样本。拜托了，十万火急！”

“五反田站？田崎英子？”袴田听得莫名其妙，“什么跟什么啊？

我怎么什么都没听说啊？”

“我没工夫跟你详细说了，今晚我会去医院的——”

“喂，等等！”

袴田喊道，但志穗毅然挂了电话。

她是真的没空。

今天是星期四，下一个星期二近在眼前，她必须在这几天时间里找到真凶。

“啊呀，又是你啊？犯人不是抓住了吗，我还以为你不会再来了呢——”小卖部的大妈很是惊讶，“听到犯人落网我就放心了。太好啦。电视上还放了呢。”

“我们还不确定他是不是真凶呢。当然他的确是头号嫌疑人啦……”志穗含糊其词，“对了，我有件事想问您。”

“啥事儿啊？”

她一定很纳闷吧，凶手不都抓到了吗，还有什么好问的。

“前些天您不是说，那个送杂志的男孩子常跟他老婆吵架吗？”

“是啊。”

“然后您又说，那样正好能给他老婆‘练练手’……练手是什么意思啊？”

“啊，这个啊——”

大妈的表情仿佛在说，哦哟，事到如今你还问这些干啥。

“啊呀，那孩子老跟他老婆吵架，吵着吵着就动手了呗，有时她老婆会挠他一下什么的。我就劝他，你们会吵，正说明你们恩爱呀，你说是不是啊？”

“是啊，是啊。”

“那孩子的老婆一边打工，一边在学化妆，说是以后要当什么……”

“化妆师吗？”

“没错没错，化妆师。一个大男人身上要是有女人挠的伤口岂不是很难看啊。所以他老婆就用粉底，啊，不对——是‘油彩’，把他的伤口盖住，这不是正好给她机会练手嘛。那孩子还说，有个当化妆师的老婆可真方便。一涂啊，小伤就看不出来了。”

大妈笑了，可志穗笑不出来。

她道了谢，离开小卖部。大妈一脸疑惑的神色，想必志穗的表情一定很僵硬。

袴田是个老练的刑警。

他仔细观察了夕张的手，确认他手上没有伤痕。打那之后，他就再也没怀疑过夕张。

志穗也犯了同样的错误。大妈都把重要线索提供给她了，可她没有听进去，左耳进右耳出。她几乎忘记了配送员夕张的存在。

志穗呆若木鸡。

夕张的妻子想当化妆师，有化妆专用的油彩。她会用油彩隐藏夫妻吵架时在丈夫身上留下的伤痕。

袴田的确观察过夕张的手，但伤痕被油彩盖住了，看不出来。

这周二，田崎英子从五反田车站的站台跌落身亡。她的裙子上，也查出了同样的成分。

真凶，就在眼前。

真凶

1

志穗赶忙致电片区警署，向负责调查的刑警了解了夕张的基本情况。

夕张武史，二十四岁，老家在千叶县的行德，父母都在世。

他在JR★★物流打工，每周二、周六负责把杂志送到各个车站的小卖部。

听说他在准备司法考试。

他在一年前结了婚，妻子名叫直美，在自家附近的花店打工，补贴家用。

直美立志要当化妆师，每周去新宿的时尚专科夜校上两次课。

他们住在位于蒲田的公寓，日子过得很节俭。

一言以蔽之：他们是一对随处可见的，踏实坚强的小夫妻。

夕张武史之所以每周二、周六上班，是因为有不少周刊杂志是周二上市，而周日则是赌马报纸的发行日。

——周刊！

怎么就没想到这个呢！

周二百货店不开门，美发厅也不开门，警方光顾着这些，却遗忘了周刊。

周五傍晚……

志穗去了趟夕张夫妇的公寓。

她并没有什么明确目的。

只想亲眼看看夕张武史生活的地方而已。

她躲在电线杆后，呆呆站着。

陈旧的木结构公寓。

夕张夫妇的房间在二楼。

唯有窗后的花朵图案窗帘，能显示出这是新婚夫妻住的地方。

武史好像不在家。

七点过后，妻子直美独自回家。

她提着超市的塑料袋，给人以“双职工家庭的小主妇”的印象。

志穗倒吸一口冷气。

直美长发披肩，身材苗条，还戴着耳钉。

今天她穿着牛仔裤，可要是换上迷你裙，一定非常惹眼。

直美的容貌，正反映出了武史的“口味”。

直美进屋之后，志穗仍在电线杆后站了一会儿，没动。不，是动不了。

直美每周去新宿的时尚专科夜校上两次课，梦想着有朝一日成为专业化妆师。

她常和武史吵架。

有时还会动手。但正如小卖部的大妈所说，这也是他们夫妻俩很恩爱的表现。

直美会在争吵时挠丈夫的手或脸，这时她就会实践在学校里学到的知识，用油彩把伤口藏起来。

袴田本想用铅笔试探武史，看看他手上有没有伤。他的手看似完好无损，但铅笔上留有油彩的成分。

他有伤。

这个可能性非常大。

恐怕是武史学着妻子的样子，用她的油彩盖住了手上的伤口。

他为什么要掩盖手上的伤?

还用问吗，因为那是清原静江挠的。因为他知道，手上的痕迹会成为他杀人的证据……

2

星期六，早上七点……

一辆两吨卡车开出饭田桥的JR★★物流公司，朝代代木站驶去。

车上有一名司机，两名配送员。

其中之一正是夕张武史。

特别被害者部的面包车紧随其后。

开车的是广濑。

“别跟丢了！”

志穗紧张得不行。

“放心。”

广濑对自己的驾驶水平颇有自信，显得非常沉着。

照理说警方跟踪车辆时会至少准备三辆车，但这次情况特殊——他们很清楚这辆卡车要开去哪儿。

志穗太杞人忧天了，几乎不可能跟丢。

夕张这组负责的范围是代代木站到大崎站。

代代木、原宿、涩谷、惠比寿、目黑、五反田、大崎……按这个顺序卸货，由配送员将杂志与报纸送去小卖部。

一个车站有好几个小卖部，所以两名配送员要分工合作。

虽是追踪，但他们的目的并非确认目标人物的去向。

而是确认夕张他们到达每一站小卖部的时间。

二十分钟后，卡车抵达代代木站。

夕张与另一位配送员扛着赌马报纸走下卡车。

广濑将面包车停在卡车附近。

志穗走下车，跟踪夕张。

另一位配送员穿着一整套深蓝色的工作服，但夕张只穿了深蓝色的上衣外套。

他没有买票，直接进站。

自动检票机旁边有一个能过路的空间。

他甚至没跟车站工作人员打招呼。

而站员也没瞧他一眼。

也就是说，只要是穿着配送员制服的人，就能自由出入车站，简直跟透明人一样。

夕张拿着报纸，走上楼梯。

车站里人满为患，但没人会注意到夕张的存在。

他来到了站台。

与小卖部的工作人员打了声招呼，将报纸放在地上。

志穗站在旁边，不动声色地观察着他。

一股冲动掠过心头，她险些喊出声来。

用来捆报纸的，是一点五厘米宽的，扁平塑料绳。

鉴识课在清原静江颈部发现了塑料纤维，还说凶器是很宽的绳子。

而这个凶器，就在那儿。

不仅如此。

夕张从上衣口袋里掏出美工刀，麻利地割断了绳子。

不知为何。

凶手用美工刀割去了清原静江的头发。

而且从切口能看出，那人经常用刀。

夕张驾轻就熟地用着美工刀，照这个情形，只消一分钟，他就能割断女人的头发。

夕张搞定报纸，朝楼梯走去。志穗紧张地跟上，几乎喘不过气了。

卡车依次来到原宿、涩谷、惠比寿与目黑。

每次都重复相同的过程。

但来到五反田站之后，夕张并没有回卡车的意思。

他独自坐上山手线，前往大崎站。

志穗也没有回面包车，而是直接跟上。

她早就查到了。

一切尽在计划之中。

没必要联系广濑。

需要配送的东西所剩无几，一个人也能搬。

一次次回卡车实在太麻烦。

所以夕张送到最后，总会选择独自坐电车配送的方法。

因为今天是周六，车里不是很挤。

也许这就是他选择周二而不是周六的原因，周六的乘客太少，不好“下手”。

夕张一上车，就把报纸搁在了行李架上。

脱下上衣外套，揉成一团，丢上架子。

里头穿着 V 领毛衣。接着，他掏出胸前口袋里的眼镜，戴上。

他就坐一站路，却偏要打扮成普通乘客的样子，这说明夕张还很年轻，很在乎外表。

光是脱下制服，戴上眼镜，给人的印象竟会如此截然不同。

志穗非常惊讶。

——原来如此。

为什么遇到色狼的女人没发现色狼跟着她们下了车，还让色狼轻易近身？她一直在思考这个问题。

如今，她的疑惑终于揭开了。

制服，能瞬间改变一个人的形象。穿着制服的人，能让人产生绝对的信赖感。

在人们的潜意识中，有种毫无根据的先入观：穿制服的人不会做坏事。

夕张坐电车时会脱下制服，戴上眼镜。他会甩开“配送员”的身份，在车上猥亵年轻女人。

而他跟着受害者下车时，会摘下眼镜，重新穿上深蓝色的制服。

再加上他手上还提着报纸，戒心再重的女人都不会想到，他就是在电车里猥亵她的人。

在车站里，穿着配送员制服的人是所谓的透明人。

谁都不会注意到他。他能自由出入进站口，甚至不会被车站工作人员拦住。而且人们会误以为他是车站的工作人员，对他深信不疑。

——原来是这么回事。

志穗想通了。

电车抵达大崎站，夕张来到站台， 志穗跟上。

大崎站的人比其他车站的少多了。

夕张将报纸送去小卖部，与大妈谈笑风生。

不能让大妈看见我。

志穗只能躲在柱子后头，观察夕张。

夕张总算走了。

他完工了。

他搬了这么多报纸，手上肯定沾了墨水。

夕张去水池洗手。

志穗凝视着他的身姿。

洗下来的水略带些茶色，那不是墨水的颜色。

夕张甩甩手，用手帕把手擦干。

在他擦手之前的几秒钟时间里——

志穗看见了。

夕张的右手背上，有一条红印子——

3

大伙儿都以为，不会再有搜查会议了。

搜查本部已经解散了。

片区的警官们也先后回到了原先的工作岗位。

只有搜查一课的警官与为数不多的片区专员仍在搜集起诉相泽的证据，就像在捡麦穗似的。

然而，情况有了一百八十度大转变。

相泽的罪名是“暴力伤人”与“遗弃”，但不是“杀人”。

杀死三个（抑或是四个？）年轻女人的凶手，另有其人。

星期一，晚上七点……

本不该召开的搜查会议仍在继续。

出席会议的警员并不多，鉴识课也没派人来。

会议室被凝重的氛围笼罩。

片区警官起身汇报调查结果。

“夕张武史在进JR★★物流之前，曾在丰岛区的某金属板工厂干过一段时间。当时他们公司组织过献血，留下了血型记录。记录上写着，夕张是B型分泌型，与凶手完全吻合——"

这位警官坐下之后，另一位警官站起来说道：

"JR★★物流在配送报纸时使用的塑料绳并不罕见，但它的用途极为有限。搬家公司常用它来打包，市面上是买不到的。鉴识课对这种塑料绳做了检测，发现它的宽度与勒死清原静江的凶器一致。尸体上发现的微粒也是塑料，因此这种塑料绳很有可能就是凶器——"警官正要坐下，忽然想起了什么，再次站直说道，"至于美工刀……很遗憾，鉴识课说无法从头发的切口判断出刀刃的长度。所以我们无法从美工刀入手。"

井原清了清嗓子说道：

"品川站桥上厕所的桧垣惠子一案，以及品川站第二站台厕所的深山律子一案……两起案件的发生时间都与夕张武史的行动时间吻合。品川就在大崎隔壁。送完大崎站的周刊之后，他只要换乘山手线，就能在行凶时刻抵达品川站。清原静江的案子也不例外。上上周二，夕张从目黑乘电车到大崎配送周刊，只要他在目黑换乘山手线，就有可能与清原静江坐上同一节车厢——"

"……"

"北见搜查官认为，夕张在上车后脱下制服，戴上眼镜，下车跟踪被害者时，再穿上制服，这样被害者就不会起戒心了……应该是这样没错。回收大崎站的车票采集指纹也没用，因为配送员出入车站根本不用车票。"

“我有一个问题——”一名警官像小孩似的举起手来，征求井原的同意，“那目击证人在电车里看到的那个色狼是怎么回事？他的特征与相泽完全一致，却与夕张不甚相同。唯一相同的就是他们都戴眼镜。这一点要怎么解释呢？”

“会不会有两个色狼啊？相泽和夕张……”

井原如此回答，但所有人都苦着个脸，但他话锋一转……

“话说刚才那位警官提到的塑料绳，JR★★物流管它叫‘塔夫绳’，但我们还没确认这是正式名称还是俗称。据说那绳子的绳结是加热后压出来的——”

怪了……警官们很是不解。

“清原静江的脖子上不是有绳结的痕迹吗？如果是加热压出来的，就不会留下那种痕迹了吧？”

“鉴识课的意思是那个痕迹疑似绳结，也不一定就是绳结。说不定热压的时候留了个结呢——”

“那田崎英子的事要怎么解释？”片区的警部补问道，“田崎英子是九点二十摔下去的，时间好像不太对啊。”

“田崎英子的事情有太多疑点了。她的容貌也与之前的三位被害者相距甚远。而且将女人推进铁轨的手法也太功利，缺乏过路杀人狂的‘性’要素……所以我还不能认定这起事件与之前的连环杀人案有什么关系。”

“田崎英子的裙子上不是有油彩吗？”片区署长如此问道，搜查本部解散了，他也不再是搜查本部长了，不过他的口气总是非常彬彬有礼，“夕张武史用油彩掩盖了手上的印子不是吗？要是田崎英子与连环杀人案无关，那我们要如何解释她裙子上的油彩呢？难道那只是个巧合吗？”

“我也不知道。”

井原愁眉不展地回答道。

“井原啊，田崎英子裙子上不是有沾着油彩的掌纹吗？”一课组长问道，“就不能把裙子上的掌纹跟夕张武史的比对一下吗？”

“虽然田崎英子的遗体比较完整，可她毕竟是被轧死的，掌纹也不是很完整。缺了横断线，就是所谓的‘命运线’，还有拇指球线，也就是所谓的‘生命线’。没有这两条线，就无法比对掌纹。”

“而且谁都没想到她可能是被谋杀的，别说是司法解剖了，就连行政解剖都没做啊——”

一直保持沉默的那矢检察官气呼呼地说道。

“先不管田崎英子的事。井原主任说得没错，她的案子……疑点实在太多。”

“而且我们有的都是环境证据，没有直接证据。毕竟我们才刚逮捕相泽啊，还得考虑到法院的想法。光靠这点材料，不足以申请逮捕令吧。”

管理官说道。

听到这话，众人的视线全部集中在了志穗身上。

志穗在心中叹了口气。

她早就猜到事情会演变成这样了。

逮捕相泽时，志穗险些遇难，所以大伙儿都有些顾虑，没敢直说。

所以，大家都在等待志穗自告奋勇。

真痛苦。

“我来当诱饵吧——”

志穗不得不这么说。

色狼电车

1

星期二，上午八点五十分……

夕张在目黑站坐上电车。

志穗等候在目黑站站台上。

如果夕张要坐卡车去五反田，其他警官会立刻用无线电联系志穗，如此一来志穗就能立刻跳上山手线，赶往五反田站，在那边蹲守夕张。

然而，她并没有这个必要。

——夕张要在目黑上车。做好准备。

井原在无线电中如此说道。

志穗点点头，摘下耳机。

她的手提包里装着微型便携式无线电接收器，她把耳机也塞进包里。

一摘耳机，她顿时产生了孤立无援的不安，可这也是无可奈何的事。要是戴着耳机，夕张也许会起戒心，不会接近她。

——没事的……

志穗如此宽慰自己。

本厅一课派了四个人，片区派了六个人。有十位警官跟踪夕张，保护志穗。

她不是孤立无援的，她会率领一整个军团，踏进车厢。无论发生什么事，她都不会伤到一根汗毛。

站台很拥挤。

她拨开人群，接近小卖部。

很快发现了夕张的身影。

他已经送完了目黑小卖部的周刊，正在站台上等电车。

今天他也只穿了制服的上衣外套。

脚边放着一叠周刊，是周二上市的周刊。

志穗不动声色地走到能将夕张纳入视线范围的地方。

要在这种人多的地方迅速、自然地走到嫌疑人附近可不简单，需要反复训练才能做到。

无论是警校还是本厅的讲习，都没有教授这种技巧。

这是志穗自行研究，反复练习的成果。

站在哪个位置才能在不做作的情况下让嫌疑人察觉到她的存在——必须精密计算嫌疑人的视野范围，再做决定。

志穗穿了一件非常惹眼的绿色短外套，再大意的人都不会错过这件纯色外套。

外套的布料很轻薄，特别显身材，同时也能保证关键时刻不会行动不便。

夕张就站在视野的角落中。

果不其然，夕张的头动了动，他瞥了志穗一眼。

夕张几乎面不改色。

但眼尖的志穗看见了，夕张的脸上掠过一丝惊讶。

志穗留着长发。

她解开大衣的扣子，露出黑色毛衣、苔绿色迷你裙与黑色丝袜。

金色耳钉，金色项链，皮靴……

志穗坚信，她比那几个被害者更对夕张的“胃口”。

夕张绝对会上钩。

到时候，他定会为自己犯下的罪行而后悔。

志穗是诱饵搜查官。

夕张以为，今天他撞大运了，碰上了绝佳的猎物。但她其实是用来抓捕野兽的无情陷阱。

然而……

志穗总觉得有些不对劲，有种不协调感在她心头萦绕，可她又说不清楚这种感觉从何而来。

——怎么回事？我到底在纠结什么？

她很是介意，但又没有时间自问自答。

因为，山手线进站了。

袴田来到蒲田一带。

关键时刻，他偏偏扭伤了脚，无法保护志穗。

有本厅一课和片区的刑警们在，肯定出不了事，但让他一个人待着吧，他也坐不住。

沾在他铅笔上的油彩，成了这次诱饵搜查的导火线。

他心想，要是能从夕张的妻子手上搞到点油彩样本就好了。于是他偷偷溜出病房，来到了蒲田。

袴田非常老练。

他坚信，自己定能在不引起夕张直美怀疑的情况下搞到油彩。

袴田平日里冷淡无情，拒人于千里之外。但他也能视具体情况，将自己打造成刑侦剧中常有的和蔼老刑警。

这个点，夕张直美应该在车站前的花店打工。

他还在黄页上确认了花店的地址。

直美所在的“贝尔鲜花沙龙”位于站前的黄金地段，装修风格也很时髦。

——话说回来，世上还有“花”这么个玩意儿啊。

袴田边开小差，边让花店的年轻女店员找直美出来。

然而，女店员的回答大大出乎他的意料。

“夕张直美请假了哎，最近她每周二都请假。”

“请假？”

袴田一时间没反应过来。

他呆呆地环视四周。

另一位女店员在里屋扎着花束。

再将做好的花束放进纸箱。最后，用塑料绳把箱子捆好，用美工刀将绳子割断。

而且，那种绳子的绳结不是压出来的。有一个专门用来穿绳子的洞口。

用这种绳子勒人，就会在颈部留下绳结的痕迹。

袴田五雷轰顶。

他发现，警方犯了个天大的错误。

“电话！能把电话借我用一下吗？”

他对女店员大吼道。

女店员吓得连连后退，扬起下巴，示意他去里屋打。

袴田拖着伤腿，冲进里屋。

——志穗，志穗……

他在脑中狂吼着。

——有危险！

2

电车里挤满了穿着厚重冬装的人们。

暖气开得太足了。

发胶、化妆品、香烟、大蒜……各种味道混在一起，热气腾腾。

夕张的手法非常巧妙。

——老手啊。

志穗叹为观止。

人们在站台上排成两列，等候电车开门。就在这时，夕张悄悄插到了志穗的背后。

他的动作非常自然，不露声色。

他穿着制服，拿着一叠周刊，谁都觉得夕张肯定是JR的工作人员，也没人计较他为什么要插队。

门一开，他就牢牢贴住志穗的后背，走进车厢。

只要是他看上的猎物，他就绝不会放手，咬紧牙关，不松口。

志穗甚至能感受到某种激情，扭曲，凶残，但这也是一种激情吧。

夕张执着的视线，匍匐在志穗的脖颈上。

她用眼角余光瞄着夕张。

夕张开始做“准备工作”了。

车上这么挤，但他仍能迅速脱下外套，几乎没人察觉到他的变化。

接着，他将周刊杂志放在志穗与他之间，确保空间。再将外套卷起来放在杂志上，戴上眼镜……全过程不过几秒钟。

电车开动时，夕张已然换了个人。

好一个老手。

由此可见，对夕张而言，在挤满人的电车里猥亵女人是多么“驾轻就熟”的事。

志穗将全身的注意力集中在背上。

脖颈上的汗毛都快竖起来了。

夕张动了。

他将右手伸进了志穗的衣角。动作顺畅而敏捷，令人瞠目结舌。动的只有他的右手，身体几乎没动。

志穗的身子一颤。

他将指尖滑到迷你裙的臀部，用手指轻轻掀起裙子，企图将魔爪伸向她的内裤。

休想得逞。

志穗已从大衣衣袖中抽出右手。用左手抓着大衣前襟，身子微微一扭，将右手伸向后背，狠狠拍开夕张的贼手。

夕张吓了一跳，志穗能听见他倒吸一口气的声音。

也许从没有人如此反击过他。

他之所以害怕，是担心志穗大声呼救吧。

但志穗绝不会喊，也不能喊。

在车厢里逮捕夕张再简单不过了。但如此一来，警方只能抓住一个“色狼”而已。问题是，他们要抓的是“杀人犯”。

志穗是诱饵搜查官。

她必须为逮捕犯人付出全力，她绝不会忘记自己肩负着重任。

然而……

志穗也不会因此放任色狼为所欲为。

她哪忍得了。

她从小为男人的苦苦纠缠而烦恼，之所以成为诱饵搜查官，也是因为烦透了身为“被害者”的自己，想向那些把女人看作泄欲对象的男人报一箭之仇。就算她是诱饵，也不能让色狼得逞。

见志穗不打算呼救，夕张再次将手伸进迷你裙。

她迅速打掉贼手。

而且她还竖起了指甲，对准清原静江挠过的地方，尽可能狠狠地、深深地、挠了一下。

“唔——”

夕张轻喊一声。

肯定很疼。

她的指尖好像沾到了血。

与那些女人受过的屈辱相比，这点痛算得了什么。

这是报应。

——活该。

志穗在心中嘲笑着。

但夕张非常执着，不会轻言放弃。

见猎物勇敢反抗，他更是欲火焚身了。

他用右手摸着裙子，左手则插进了志穗的大衣。

胸口紧贴志穗的后背，用左手迅速搂住她的身体，企图进犯乳房。

志穗用全身的力气，将夕张的左臂压在她的腋下。如此一来，他的手就动不了了。

可夕张没有被吓倒。

他贴得更紧了。

几乎跟抱着她没什么区别。

他拼命伸出左手，去够志穗的乳房，右手也不忘继续探索裙底。

扭曲而炙热的激情。

志穗扭动，转动，夹着他的手，用右手予以反击。

电车在行驶。

不断震动。

一个人想借震动离另一个人更近，而另一个人则想利用震动远离对方。

暖气开得太厉害了。

两人都在喘气。

志穗口渴难耐。

夕张也喘着粗气。

但两人仍纠缠在一起。

在挤满人的电车中，谁都没察觉到这一幕。

然而，志穗与夕张展开的是一场战斗。男女之间的，秘密战斗。男人的目的是泄欲，而女人的目的是逃离欲望的魔爪。两人都在奋力一搏……

电车抵达五反田。车门打开时，志穗的精力已消耗殆尽，险些晕厥过去。

“夕张到五反田了——”

警官用无线电发来信号。

“好，各单位盯紧夕张。跟着他！死死跟着他！千万别跟丢了！”

井原回答道。

接着，他将身子靠在靠背上，长舒一口气。

警官们坐的是电车，但井原在警车里。

他是负责发号施令的指挥官。可在这种情况下，跟着夕张与志穗坐电车要轻松得多。

要是北见搜查官有个万一……想到这儿，他心里便七上八下的。

他命令警官们盯紧夕张，而不是北见搜查官。

只要夕张还在他们的视野中，北见搜查官就不会有危险。

这时，无线电又响了。

“怎么了？”

井原问道。

“特别被害者部的袴田刑警来电——”

警官的声音很尖，显得惊慌失措。

“怎么了？慌什么，好好说！”

井原命令道。

然而，当他听完报告后……

井原比那位警官还要慌。

他胡乱切断无线电，用手机联系了身在车站的警官。

“别管夕张了！全力盯紧北见搜查官！有人在跟踪北见搜查官吗？！”

他高喊道。

“呃，可……”接电话的警员听得一头雾水，“您不是让我们盯紧夕张吗？没有人在跟踪北见搜查官啊……”

“快去找！否则——”井原的嗓音都沙哑了，“她就危险了！”

志穗走进车站的女厕所。

这个时间段，女厕所空空如也，一个人都没有。

车厢中的拉锯战，耗尽了她的体力。

她知道夕张在五反田下车了。

因为他的杂志还没送完。

肯定得下车。

下车时，他已穿上制服，摘下眼镜，变回了正经的配送员。

——真有你的。

志穗“佩服”不已。

她知道夕张会变回配送员下车送杂志，所以才能察觉到他与自己一同下了车。

但被害者们不知道，她们做梦也不会想到，身着制服的配送员就是车上的色狼，也就察觉不到夕张了。

夕张送完杂志之后，定会继续跟踪志穗。

而他身后，还有十多位警官跟着。夕张定会找个地方袭击志穗。他一动手，警官们就会将他拿下。

可是……

——好累啊。

她想洗洗脸，但又不能把妆卸了。

那就只能洗洗手了。

她走去洗脸台。

边洗手，边纳闷。

就算夕张是配送员，也很难在没人注意到的情况下溜进女厕所吧？要是他跟着受害者进女厕所，肯定会有人起疑的啊。即便他穿着制服也没用。

凶手是如何溜进品川站女厕所，杀害桧垣惠子与深山律子的呢？

她洗了一遍又一遍，呆呆地思索着这个问题。

就在这时。

她终于想通了——上车前的那种不协调感。

夕张的工作是送杂志。

用来捆杂志的绳子与捆报纸的塑料绳不一样，是很普通的细绳。

而且那种绳子完全可以用手解开，没必要用美工刀。

——为什么凶手能在没人发现的情况下溜进女厕所？

突然，她察觉到了某种气息。

她抬起头。

看见镜中多了个女人。就站在她背后。

女子脸色铁青。

妆好浓，戴着浅色墨镜。

然而——

志穗对她有印象。

那是夕张的妻子，直美。

一为什么凶手能溜进来？很简单。因为她是女人。

志穗正要回头。

却没赶上。

“妓女！”

直美吼道。

她将手中的塑料绳绕上志穗的脖子。

用全身的体重，勒紧。

志穗的脸涨红了。

她将手伸向塑料绳，想把绳子扯开，但绳子与脖子之间压根就没有缝隙。

她只能扭动身子，拼命挣扎。

然而，直美没有松手。她已经杀了三个女人了，早已轻车熟路。

绳子压迫着气管，意识愈发朦胧。

志穗伸手去够手提包。

拼命集中注意力，打开包的搭扣。

取出便携式无线电通信器。

“去死吧！”

直美狠狠勒紧绳子。

塑料绳陷进脖子，开始飙血。

志穗用手指夹住无线电的天线，把天线拉出来。

她握紧通信器。

底朝上，戳向直美的脸。

鲜血四溅。

直美一声惨叫。

志穗对准了她的眼睛，但直美举起手，护住了眼睛。

塑料绳松了。

志穗转身，用手肘攻击直美的面部。

直美仰面倒在厕所的地上。

她匍匐着，哭喊着，企图逃跑。

就在这时，警官们纷纷冲进厕所。

3

嗯，我跟武史也是在电车里认识的，是他主动跟我搭讪的。他突然从背后摸我的胸部，吓了我一跳，但我不觉得他是色狼什么的，他才不是色狼呢。

他说，他是第一次做那种事，因为我实在太可爱了。

我坚信，无论是怎样的邂逅，只要摆正心态，都能变成美好的邂逅——警官，您有没有同感呀？

我也不知道武史是从什么时候开始旧态复萌的。大概是当上配送员之后吧。武史是个细腻的人。也许是复习司法考试弄得他太累了吧。您看，我这人吧也不够机灵，都没察觉到他累了。唉，我可真是个不称职的妻子呀。

您问我是怎么发现他开始做那种事的？那是我们夫妻的隐私，就算您是警官我也不能说。

别那么说嘛。我跟您说过很多遍了，武史不是色狼。是那些小姑娘不好。武史每天准备司法考试很辛苦的。错不在他。都怪那些小姑娘在电车里勾引他。武史那么疼我，没人勾引怎么会做那种事呢。武史太帅了，小姑娘见了还不晕头转向呀。

您笑什么呀。警官，您不懂武史的好。只有我才懂他。警官，您结婚了吗？哦，结婚了呀。那您的妻子一定不怎么爱您。

血型？没有啊，我就没想过那些。只是我一想到武史跟那些女人做过，我就气不打一处来。所以我就把她们的裙子扒了。况且武史的东西是只属于我的嘛。

您问我是怎么把那些贱人弄进厕所的？多简单啊。只要在下车的时候跟她们说一句“你裙子上有脏东西”，她们就会乖乖冲去厕所了呀。这还用问吗。她们看到我是女的啊，就不会起戒心了。

心爱的丈夫在电车里跟那群水性杨花的女人做爱——警官，您要是看到了，一定能理解我的心情的。

这两个月啊，我每周二都会请假，跟武史坐同一辆车。武史总会在目黑或五反田换电车，时间也基本不变的，所以跟他上同一节车没什么难度。

嗯，没错。我总会站在远处，不会让他发现的。

看到那群贱人勾引我家武史，我就想，一定要想想办法。嫉妒？我才不嫉妒呢。稍微吃点醋倒还显得可爱，可真嫉妒起来，男人肯定会烦的，我才没那么蠢呢。

大崎站的女人吗？武史没跟她做到最后。大概是太累了，身体不太好吧。所以那人没下车，因为她没必要下车啊，武史一个人在五反田下车了。我心想，怎么办呢……那贱人没在五反田下车。平时啊，武史的东西会留在裙子上的，我只要一提醒，贱人就会匆匆忙忙下车了。可那天武史没做到底，所以贱人就没下车。我灵机一动，就把嘴里的口香糖弄在了她的头发上。等车快到大崎站了，我就提醒了她一句，“喂，你头发上有口香糖”。没有女人会留口香糖在头发上的。于是车一到大崎，她就冲下去了。

碰到这种事啊，女人真的会立刻冲进厕所的。可那个贱人跑去洗脸台擦头发了，还在小卖部买了湿纸巾，就是不去厕所。哦，是吗。她想去美发厅啊。我哪儿知道啊……

武史没跟她做完，所以我也没打算杀她。可那贱人居然在小卖部等武史送杂志过去哦！她居然饥渴成那样了！怎么能这样啊！身为武史的妻子，我怎么能放过她呢！

我看她出站了就跟了上去。她走到公园的时候，有个男人冲上去打了她一下。吓死我了，要是那人看见了我，会不会连我一起打啊。好在那人没看到我，跳上自行车逃走了。于是我就用老方法勒死了她。但我总不能把口香糖留在她头发上吧。口香糖上不是有唾液的吗？唾液不是能用来查血型的吗？哎哟，这是常识好吧。以前的刑侦剧里都有这种剧情的。

但头发上的口香糖是很难弄掉的。我正好带着平时在店里用的美工刀，就干脆把那贱人的头发剪了。一干二净，不留后患不是吗？

警官，您怎么啦？有什么好笑的呀？哦，你们通缉了穿着血衣的男人啊？那哪能抓得到啊。我身上没有血，而且我压根就不是男人嘛。

没错，给警局打电话说在电车里看到色狼的人就是我。因为我看到你们贴在车站里的告示了。中年妇女？那是谁啊，我才不认识呢。呵，你们还以为我是那个中年妇女啊？我又不是想给你们添乱，我没那么坏的好不好。我只是看不过那种用石头打女人的男人而已，会对女人动手的男人都是人渣。

我希望警察能把他抓起来，所以才会打电话的。

五反田站的人……她叫田崎英子啊？我也觉得自己挺对不起她的。那天武史又被贱人勾引，在车上做爱了。可我一不小心，把那贱人跟丢了。我真是气死了，就在五反田站把那谁，田崎英子是吧，把她给推下去了。虽然我知道她跟这事儿没关系。唉，我真不该做那种事啊。这件事的确是我不对。是吗？那人的裙子上沾了油彩啊？为了不让武史认出我，我特地化了浓妆呢……哦，这样啊。人果然不能做坏事啊。人在做天在看啊。

武史用我的油彩盖住了手上的伤？我不知道呀。一定是武史不想让我担心吧。武史就是这么体贴。

武史会怎么样啊？强制猥亵？什么嘛！武史好可怜啊。哼，日本是法治国家，不会把无辜的人送进监狱的。

什么时候能见到武史啊？要是他好久回不了家，我想给他做个便当送过来，行不行啊……

至于警方是否要起诉夕张直美，还得等专家的精神鉴定结果。

下一部

2

视觉·消失的摄影师

附录：新保博久评山田正纪[1]

山田正纪及其侦探小说作品[2]

时隔十年，再次一口气阅读了山田正纪的这个北见志穗系列（虽然每次再版书名都有微妙的改变，姑且还是这么称呼吧）。在重新欣赏的同时，不知为何从读完第一卷的时候开始，就有一种似曾相识的感觉袭来了。

有人会说，既然是重读，当然会有似曾相识的感觉啊。其实我的忘性近年来日益严重了。读到最后，还想不起是不是以前读过的作品。

① 《诱饵搜查官》系列在1996年首次出版后曾经再版多次，系列评论文章《新保博久评山田正纪》原是朝日文库2008年再版时分别在五卷书末尾附录的五篇独立评论文章，五篇文章分别为《山田正纪及其侦探小说作品》《山田正纪侦探小说及其冒险小说》《山田正纪侦探小说及其犯罪小说》《山田正纪侦探小说及其悬疑小说》《山田正纪侦探小说及其本格推理》。本次出版为方便读者阅读，将朝日文库版五篇评论文章整理后统一放于第一卷的文末。编者注

② 原载于朝日文库版《诱饵搜查官》（2008）第一卷末。

那么我究竟是联想到了什么呢？这个系列改编而成的电视作品我并未看过，所以不是联想到电视剧。我想到的是在本书之后出版的小说，而且并非山田正纪的作品。

这套书究竟是什么样的作品，读者读到后面自会揭晓。现在要说的是，北见志穗系列的这个第一卷，于 1996 年 2 月由德间小说社出版之际，我为它的腰封写了推荐语。

> 如果山田正纪这个作家，只写了至今发表过的那些侦探小说作品，那么他就是一位作品不多的中坚推理作家，因为他的每部作品都令人爱不释手。但是，人们有了先入之见，认为他是一个已有大成就的 SF（科幻）作家，是在用富余的技巧来写侦探小说，这就对他有了妨碍。尽管他的推理小说达到了很高的水平，他却不常出现在侦探小说粉丝的话题之中。虽然事不关己，却令我感到惋惜。山田正纪的侦探小说，即便案情得到了完全合理的解决，作品里却总是具有一种奇异的温柔，或许这是一个不利的因素。但是，现在的这个系列却断然地有了和现代日本的现实尖锐交锋的觉悟。这位新生侦探小说作家的登场，这一次再也不会被人们错过了。

这篇推荐语曾被其他评论家全文引用过，所以我可以自负地认为，它并非不中肯的评价。可是结果呢，在出版的时候，许多侦探小说的

粉丝却无视我的推荐，忽略掉了这套珍宝。我认为是过于露骨的书籍

《诱饵搜查官》初版封面

包装的罪过（第一卷初版时书名为《女子诱饵搜查官(1)触奸》见上图）。

在 1998 年和 1999 年幻冬舍文库再版时，我又坚持了这个看法（这篇解说本来是投稿给新本格推理作家的，此次重新录用）。继本系列之后出版的本格推理大作《妖鸟》，是初次刊行的幻冬舍小说书系版，法月纶太郎给腰封写了推荐文，结尾说：“这次不要再错过了！”可是他又步了我的推荐文石沉大海的后尘。

要得到包含读者在内的整个推理界的认知，的确还需要一点点时间，好在超级大作《推理歌剧》一举夺得了第五十五届日本推理作家协会奖和第二届本格侦探小说大奖，山田正纪的侦探小说作家的地位这下就牢不可摧了。对于读者和作者都很不幸的是，北见志穗系列虽然在初版以

外的时间迎来了阅读的时机，却已很难得到文库版了。现在就愈加困难了。值此再度文库化之际，我要再说一遍：“这次不要再错过了！”

我想讨论的不仅仅是山田正纪写作生涯里具有里程碑意义的本系列，更想另外讨论其侦探小说系列的全部作品。先将山田正纪的侦探小说列表一览如下（仅为长篇小说或系列短篇集，年份略去了公历的前两位数）。

20 世纪

●谋杀棋局，76 年 11 月，非小说书系（祥传社）→角川・德间・春木文库

●盗火神，77 年 9 月，非小说书系→文春・春木文库

◇赝作游戏，78 年 10 月，文艺春秋→文春文库→扶桑社文库（增补版）

● 50 亿美元的遗产，79 年 4 月，卡帕小说书系（光文社）→德间文库

◇奇异之国的罪犯们，80 年 10 月，文艺春秋→文春文库

●虚荣的都市，82 年 4 月，非小说书系→三人之马 非口袋书系（祥传社）

◇背叛的果实，83 年 3 月，文艺春秋・文春文库

* 宿命之女，83 年 8 月，德间小说书系（德间书店）→德间文库

* 寂寞难耐的孤独，燥热的街，84 年 10 月，德间文库

◇杀人契约 杀手・贵志，84 年 12 月，光文社文库

●谋杀的子弹特快，86 年 11 月，非小说书系→德间文库

* 镜子的杀意，87 年 9 月，双叶小说书系（双叶社）→双叶文库

◎食人时代，88 年 2 月，德间书店→德间·春木文库

◇ 24 小时之男，88 年 7 月，非小说书系

◇七面鸟千钧一发的危机，88 年 11 月，双叶非小说书系→双叶文库

* 赤矢之女（上·下），88 年 11 月，德间小说书系

◎黑天鹅，89 年 1 月，讲谈社→讲谈社·春木文库

* 美蝎，89 年 4 月，德间小说书系

●谋杀之翼 747，89 年 6 月，C★小说书系→中公文库

* 第四之敌，89 年 6 月，双叶社→双叶文库

◎海市蜃楼·13 的谋杀，90 年 4 月，卡帕小说书系→光文社文库

◎金鱼的光眼，90 年 9 月，德间书店→德间文库

* 吊钟的荒野，91 年 6 月，双叶社

◎恍惚病栋，92 年 7 月，祥传社→非口袋书系·春木文库

* 虽然爱，兽，93 年 1 月，双叶社

◎看不见的风景，94 年 5 月，出版艺术社

◎邮差二度死亡，95 年 1 月，德间书店

◎花面祭化装舞会，95 年 2 月，中央公论社→讲谈社文库

◎女囮搜查官(1)触奸，96 年 2 月，德间小说书系→诱饵搜查官(1)触觉，幻冬舍文库→诱饵搜查官 1 触觉，朝日文库（本书）

◎女囮搜查官(2)视奸，96 年 4 月，德间小说书系→诱饵搜查官(2)视觉，幻冬舍文库→诱饵搜查官 2 视觉，朝日文库

◎女囮搜查官⑶听奸，96 年 6 月，德间小说书系→诱饵搜查官⑶听觉，幻冬舍文库→诱饵搜查官 3 听觉，朝日文库
◎女囮搜查官⑷嗅奸，96 年 8 月，德间小说书系→诱饵搜查官⑷嗅觉，幻冬舍文库→诱饵搜查官 4 嗅觉，朝日文库
◎女囮搜查官⑸味奸，96 年 11 月，德间小说书系→诱饵搜查官⑸味觉，幻冬舍文库→诱饵搜查官 5 味觉，朝日文库
◎妖鸟，97 年 4 月，幻冬舍小说书系（幻冬舍）→幻冬舍文库
◎螺旋，97 年 8 月，幻冬舍小说书系→幻冬舍文库
◎阿弥陀，97 年 12 月，幻冬舍小说书系→幻冬舍文库
◎神曲法庭，98 年 1 月，讲谈社小说书系（讲谈社）→讲谈社文库
◎假面，98 年 2 月，幻冬舍小说书系→幻冬舍文库
◎穿长靴的犬，98 年 9 月，讲谈社小说书系→讲谈社文库
* 冰雨，98 年 12 月，春木小说书系（角川春树事务所）→春木文库

21 世纪
●樱·六方面丧失课，2000 年 1 月，德间小说书系
◎推理歌剧 1，01 年 4 月，早川书房→早川文库（上·下）
◎篠婆 骨之街的杀人，01 年 10 月，讲谈社小说书系
◎大法师的积木歌，02 年 8 月，文艺春秋→文春文库
◎风水火那子的冒险，03 年 4 月，卡帕小说书系→光文社文库
◎天正年间麦克白 修道士莎士比亚的华丽冒险，03 年 9 月，原书房

* 精神罪概要，03 年 12 月，光文社

* 俄罗斯轮盘赌，05 年 2 月，集英社

◎推理歌剧 2，05 年 11 月，早川书房

◎坐翅膀的爱丽丝梦游仙境，06 年 7 月，东京创元社

* 混沌的 Co-op，06 年 7 月，东京创元社

◎雨恐龙，07 年 3 月，理论社

◎创造士组凄一郎・第一部・幽灵，07 年 9 月，卡帕小说书系

●白色协奏曲，07 年 9 月，双叶社

开列以上书目时，总感到某处有个巨大的公告板之类的东西在批评我：你这不就是从《住持积木歌》初版所附的“山田正纪著作表”（日下三藏编）中，或者从村上贵史的作家著作表中，删去了书单中列举的作品以后得到的书单吗？实际上就是用和这差不多的办法得到的，但我还是做了一些功夫的，我用了一些符号来识别作品：用“●”表示冒险小说，用“◇”表示犯罪小说，用“*”表示悬疑小说，用“◎”表示本格推理小说。不过对每部作品的定义都不是确定不移的，因为山田正纪的许多作品（不限于侦探小说）具有复杂的趣旨，无法进行单纯的分类，所以只是为了方便起见而进行大致的归类罢了。例如 1991 年的《吊钟的荒野》等作品，笔致和结构完全属于悬疑小说，但在解谜时又用了 SF 的设定。另一方面，作者把自己将押井守动画改编成小说的作品称之为硬汉小说，但在读者看来，又并不是 SF 之外的作品。

由于书单占了太多的篇幅，其余的话就放到下一卷以后再讲吧，但文首提出的那个问题，还得赶紧讲出答案。我稍稍想了一下，觉得我在重读本书《诱饵搜查官 1 触觉》时想起的作家，是杰弗里・迪弗（Jeffery Deaver）。这是一位美国作家，他把心理惊悚、本格推理、警察小说等各种各样的因素糅合到同一部作品里，情节的设计喜欢在乾坤大挪移后又来个大翻盘。

迪弗在其轰动文坛的成名作《人骨拼图》[①] 中，推出了一个全身不遂的安乐椅侦探，他叫林肯・莱姆，是个从事科学侦探的专业人士。这部作品于 1999 年由文艺春秋出版了日语译本，比北见志穗系列问世晚一些。这本书的写作充满了细节，使读者对非现实的故事深信不疑。和这位迪弗相比，北见志穗系列显得过于轻快，稍感有所欠缺，但在细节的密度方面并不示弱。主人公的设定也完全不同（志穗的身份倒是和莱姆的助手阿梅利亚・萨克斯有些相近），两者趣味的共通之处，在阅读中去对比，是一目了然的，这里只指出一点：该系列第五部《魔术师》（2004 年，文艺春秋→文春文库）也是由法月先生担当解说的，这绝非偶然之事。

于是，我想再次修正前面说过的那句话："杰弗里・迪弗的粉丝，绝对不要错过这套书！"

（新保博久 / 侦探小说批评家）

① *The Bone Collector*（1997），Jeffery Deaver（1950-），该小说 1999 年被改编为著名电影《神秘拼图》。编者注

山田正纪侦探小说及其冒险小说[①]

山田正纪《谋杀棋局》初版后记中写了这么一段话：

> 我想把这部作品构筑成巨大的游戏。我想描写的是，为了游戏，竭尽所有的智力和体力，甚至不惜赌上性命的男人们。游戏虽然是虚幻的，但我们不得已要把人生当成一场游戏。人生本来就是虚幻的。

这是我从《赝作游戏》（1978年10月初版）中森下一仁的解说中转引过来的。森下先生就上文中限定于“男人们”的说法阐述了一种假设：“包括‘女人们’在内的‘我们’和‘人们’都是不合适的。本书也常常（在会话中）把主人公称为男性化的‘俺’。这也许是因为考虑到女性不会把‘游戏’和‘人生’混同起来吧。”

森下先生的这番话过了半个世纪，现在我又得到了百册以上的山田作品，掌握了足够多的情报，可以进行更深的解读了。面向年轻人写作的幻想侦探小说（或者说侦探幻想小说）、《雨恐龙》（2007年3月，理论社），是以十四岁少女的视角来描写的，作者初次体验到“写作中情感不断膨胀”的感觉，“想到所有男人内心深处可能都隐藏着‘女

① 原载于朝日文库版《诱饵搜查官》（2008）第二卷末。

性本质’”。就山田先生而言，他自己分析说，自己的内心就像十四岁的少女一样。不难理解，山田先生初期的冒险小说过于拘泥于“男性身份”，是对本身“女性”性质的反抗。

《诱饵搜查官 2 视觉》（1996 年 4 月初版）是北见志穗系列五部曲的第二部，起初是正式地编入女主人公的长篇连作之中，之所以能够成为其后山田作品的一个大的转折点，是因为作者已决定不再进行“俺是男人”的徒劳抵抗，才有了这个飞跃。

现在山田先生的冒险小说群已经显出面目了，他的冒险小说时代是短暂的，作品数量也不多。可以说在 20 世纪 80 年代就几乎休止了。但是，除了其秘境冒险 SF 作品以外仅有的十部左右的作品，在日本冒险小说史上留下了不会被人遗忘的大足迹。首先来看一下非 SF 的冒险小说目录吧（上个世纪的年份略去了西历的上两位数）。

1 谋杀棋局，76 年 11 月，非小说书系（祥传社）→角川·德间·春木文库

2 盗火神，77 年 9 月，非小说书系→文春·春木文库

3 50 亿美元的遗产，79 年 4 月，卡帕小说书系（光文社）→德间文库

4 虚荣的都市，82 年 4 月，非小说书系→改名·三人之马，非口袋书系（祥传社）

5 谋杀的子弹特快，86 年 11 月，非小说书系→德间文库

6 谋杀之翼 747，89 年 6 月，C★小说书系（中央公论社）→中

央文库

7 樱·六方面丧失课，2000年1月，德间小说书系（德间书店）

8 白的协奏曲，2007年9月，双叶社

其中的作品8在1978年曾短期连载，最近才初次出了单行本，实际上应该排在第三位。该书所附的日下三藏的解说，在上面的书单中，加入了《赝作游戏》《奇异之国的罪犯们》（80年10月）、《背叛的果实》（83年3月）、《24小时之男》（88年7月），但拙稿为了适合于论点，将以职业罪犯为主人公的小说作为犯罪小说另建一类。基本的趣味并无很大的差异。

上列作品8之所以埋藏了近三十年，据说是“大约有什么不如意的地方，所以不想成书出版，但已忘了究竟是哪里不如意”。作者亲自重读一遍，觉得不但不坏，反而有趣，而且相当有趣，于是改变了认识，给予了妥当的评价。如果由我来揣度作者已经忘却的将之封藏的理由，未免是僭越之举，但我认为，也许是对于劫持整个东京的主题研究得还不充分的缘故吧。执行计划的日子是定在平日还是定在周末，仅是这一点，展开来写就有很大的不同，所以并没有写明是平日还是周末。按照这种思路来反省，作品4说明了复仇是否取得了成功，但研究过于彻底，故事就有了拘束的感觉，而我会采用作品8的方法。要说作品8的难点，担任劫持东京帮凶角色（应该说是走狗）的交响乐团各个人物，不像作品2中挑战困难任务的那些职员一样如同一盘散沙，这个困难的任务是要解除印度难以拆除的火神炸弹。作品 4 抛弃了这种性格小说的构思，这并不是非小说类作品中特有的超级冒险小说，而是被宣传为 PF（政治小说）。由于未包含其他的成分，所以一并归入冒险小说，但在上列目录中，这也是最特别的作品了。

不仅如此，山田冒险小说作为体裁作品，本来就是怪异的。当时作者说："男人的生活方式之类的东西，我认为是冒险小说的重要因素，但感到非常羞耻，所以没有去写。"他"宁愿只写独出心裁的东西"，也不愿写纯粹的冒险小说（"SF 是电视文学"座谈会，载《奇想天外》1978 年 1 月号）。

讲到影响山田正纪作品风格的文学作品，国内国外可以列举很多。比如说，《谋杀棋局》的灵感来源就是理查德・尤涅吉斯的《追踪》（1962 年）[①]。现在我们都对这部小说已经很熟悉了，因为拍摄了《小英雄对大刺客》和《古屋传奇》[②] 的著名导演约翰・霍夫将这部小说拍成了《冲刺大黎明》（1974 年）[③]（左图）这部粉饰后期美国新电影的代表作品。但是在公映于日本的当时，前一年有过《奔放的电台》[④]（右图）这样的电影做铺垫，在矗立的广告牌上，男演员彼得・方达

① *The Chase*（1962），Richard Unekis（1926–2009）。编者注

② John Hough（1941–），英国导演，代表作电影 *Eyewitness*（1970）、*The Legend of Hell House*（1973）。编者注

③ *Dirty Mary Crazy Larry*（1974），80 年代著名飞车片。编者注

④ *The Dirty Mind of Young Sally*（1970），著名情色片，于 1973 年引进日本。编者注

的背面，是女演员苏珊·乔治露肚脐的健美身姿（左图），也许是被人误解为下流的电影了吧，我记得当时并没有成为多大的话题，现在可以用 DVD 观看了。但原作小说中的罪犯二人组均为男性，而且在这部擅长反体制的新电影中，富兰克林上尉在滑稽演员的演绎下，变成了一个非常有手腕的人，能够运用游戏概率论从理论上算出罪犯逃到了哪里。

《冲刺大黎明》，1974

《奔放的电台》日版，1973

山田先生似乎并不讨厌该书的电影版，但山田先生的冒险小说很有可能只是受到了该书原作的影响。但是，这本书由野村光由翻译的版本（昴书房盛光社）很难见到，所以我推测山田先生也读过《奇想天外》从 1974 年 1 月创刊号开始四期连载的刊物。连载时的作者名写作阿涅基斯，这个名字在山田先生的文章里倒是经常可见。

山田正纪似乎也是“007 电影”的粉丝（光文社文库版都筑道夫文集《七十五只乌鸦》卷末文章《都筑先生》，2003 年），但他更喜欢北上次郎的作品。他说，他希望和北上次郎重视构思的“阳性武戏”共存共荣，叹息都筑道夫之后再也没有继承“阳性武戏”的作家了。然而，山田正纪自己没有意识到，他本人才是堪称阳性武戏继承者级别的人物。这一点在《谋杀棋局》中还不是那么鲜明，但在《盗火神》里，这种趋向就很明显了。《三人之马（虚荣的都市》似乎有些绕道而行，但《谋杀的子弹特快》就很值得玩味了，是戴兹蒙德·巴格里所著《高砦》[①]的列车版，是一部单纯、有力、最纯粹的阳性武戏，同时也是我最喜欢的作品。其后的《谋杀之翼747》，在劫机的目的和动机中，充满了出人意表的构思，但从都筑派的眼光来看，“总有些阴郁，不很鲜明”。这三部书名中冠有“谋杀”二字的作品，如果硬要说第一本是以海为主要舞台的，那么也可以说是有意写成了海陆空三部曲。这三部作品也比山田的其他作品更令人感到具有血缘联系，但一旦我们不将它们放在一起，它们之间就显得没有联系了。

山田先生说：“……写作这样的作品，总需要有一点关键词一样的东西。例如《谋杀棋局》的关键词是追逐，《盗火神》的关键词是潜入，《谋杀的子弹特快》的关键词是逃亡……没有这样的关键词，动手来写这种作品，可以说是必定会失败的。”（《谋杀棋局》春木文库版后记，1999年）。他又说“这不是能够多产的类别”，“最近想到了‘败者复活’这个关键词”，这是能够取悦于喜爱他的读者的作品。

① *High Citadel / Landslide*（1965），Desmond Bagley（1923-1983），英国惊悚小说。编者注

我想他口中所说的那本书就是《樱·六方面丧失课》，他在 1999 年已经着手写这个连续短篇了。无论如何，他在《白的协奏曲》的后记中宣称他要复归冒险小说，这是很值得那些怀念山田先生初期冒险小说的读者粉丝期待的事情。

不管是阿利斯泰尔·麦克劳德[①]，还是杰克·希金斯[②]，冒险作家随着年龄增加，就会更加凋落。推理作家可能也是同样，但冒险小说不仅是登场人物，就连作者也是需要具有很旺盛的体力的。能够坚持得格外长久的人物，是赛马系列的迪克·弗朗西斯[③]，但在夫人谢世后，显而易见地，他的变化非常大。女性的东西，如果在补足男人体力的衰竭的同时还有其他神奇作用的话，那么山田正纪经历了《诱饵搜查官》系列，又在《雨恐龙》中唤醒了自己内在的女性本质，我们岂不就能更多地欣赏他的冒险小说新作了吗？

（新保博久 / 侦探小说评论家）

---

① Alistair MacLeod（1936–2014），代表作 *The Lost Salt Gift of Blood*（1976）、*As Birds Bring Forth the Sun and Other Stories*（1986）、*No Great Mischief*（1999）。编者注

② Jack Higgins（1929–），代表作 *The Eagle Has Landed*（1975）。编者注

③ Dick Francis（1920–2010），代表作 *Dead Cert*（1962）、*Nerve*（1964）、*Whip Hand*（1979）、*Under Orders*（2006）。编者注

山田正纪侦探小说及其犯罪小说[①]
——从《猎人》[②]到《神狩》

在山田正纪的侦探小说中，有些作品是将职业罪犯及类似人物设定为主人公的长篇小说和连续小说，我们首先把这些作品打包为犯罪小说。其中可以列出以下的六册（出版年份把20世纪年代的前两位数字省略了）。

1 赝作游戏，78年10月，文艺春秋→文春文库→扶桑社文库（增补版）

2 奇异之国的罪犯们，80年10月，文艺春秋→文春文库→扶桑社文库（增补版）

3 背叛的果实，83年3月，文艺春秋→文春文库

4 杀人契约 杀手·贵志，84年12月，光文社文库

5 24小时之男 盗取一千亿，88年7月，非小说书系（祥传社）

6 七面鸟千钧一发的危机，88年11月，双叶小说书系（双叶社）→双叶文库

---

① 原载于朝日文库版《诱饵搜查官》（2008）第三卷末。编者注

② *The Hunter*（1962），Donald E. Westlake（1933-2008）美国小说作家唐纳德·E·韦斯特雷克“恶棍帕克”系列的首部作品。此系列小说在2013年被改编为杰森·斯坦森主演的电影《帕克》（2013）。依据本文观点，此系列小说对山田正纪的犯罪小说写作影响颇深。编者注

这些书很久以来都是难以到手的了，不过从2008年年末开始，《山田正纪犯罪小说竞技小说集》二卷本，从作品1和作品2中的短篇集《剥制之岛》（78年9月）和《乔安尼斯之剑》（80年1月）中，各选了侦探小说系列的作品三篇，增补到集中再版，真是好事一桩。正如这些文集打上了“犯罪竞技小说集”的招牌一样，也有很多论者指出，山田先生的冒险犯罪小说系列的作品，具有很强的竞技性。

这种竞技性，尤其是犯罪小说方面，表现非常明显。这是因为，山田先生非犯罪小说的冒险小说中，主人公有一半是这种被动受牵连型的人物，若不逃跑和发起反击，主人公本身的生命就会受到威胁，不论喜不喜欢都得参加战斗。和这些冒险小说主角相比较的话，先生描写的罪犯，却总是缺乏犯罪的必要理由。作品1至作品3中，是并非此道老手的男人们活跃的舞台，而在作品4、5、6中，主人公则是各自以雇佣杀手、黑客、金库大盗和怪盗为业，后者与前者相比，他们为什么要做这种事情，动机是暧昧不明的，给人一种强烈的，他们干那些营生纯粹就是为了享受犯罪的感觉。

作品5的主人公榊周助，在计划一次又一次遭到挫折的时候，就是怀着如此的心情。这种心情表现于以下的感慨之中：

> “如果现在给我十亿日元的报酬，也许无论如何都可以了。不知什么东西躲在何处嘲笑我，狠狠地玩弄我，应该是命运吧，如果我不让它大吃一惊，我就没法把怒火压下去！”

这里所说的“命运”，是以大写字母开头的Destiny，也就是“神”。如果你是山田正纪的粉丝，就会想起其正式的代表作乃是《神狩》。

在山田正纪和恩田陆等人为主要嘉宾的访谈录《读书会》（2007年1月，德间书店）中，山田先生在自己的《神狩》成为课题书时，曾经说道：“神是一直隐藏的存在。因此，只要能够摸到它的一只手，就可以说是人类的胜利。”实际上，人类仅仅摸到神的一只手也是极大的难事，所以描写这种斗争也是不简单的。因此，山田先生喜欢采用以业余者的奋战来挑战专业人士的主题（上列犯罪小说目录中的作品1、2也是如此，最具典型性的是1977年的《盗火神》），也许就是讽喻引弓指向神明的卑微人类吧。

不过，在作品5《24小时之男》中，榊周助要从戒备森严的大厦里盗出价值一千亿日元的企业秘密，为了确保拥有不在场证明（但不是针对警察），故意让自己被关押在东京拘留所，然后秘密越狱，在24小时以内办完事情，然后返回拘留所。这种出色的时限设定是很容易吸引读者眼球的。不过这个长篇的本质是反复出现眼看就要到手的东西在最后一刻溜走的情况，陷入穷追不舍的窘境，也就是说，它的范本也许就是前些日子去世的唐纳德·E·韦斯特雷克[①]的怪盗杜特曼德系列，尤其是其第一部《热岩》（1970年，日译本1972年）[②]。

① Donald E. Westlake（1933–2008），《猎人》作者，美国小说作家，代表作“恶棍帕克（Parker）”系列。编者注

② *The Hot Rock*（1970），Donald E. Westlake（1933–2008），1972年被改编为同名喜剧电影《神偷盗宝》。编者注

韦斯特雷克在作品1的后记中也曾被提到，那篇后记除此之外还表露了对韦斯特雷克以别名理查德·斯塔克的名义发表的“恶棍帕克”系列[①]的偏爱。山田犯罪小说的作品3中，将作品1、2中可见的竞技性控制在察觉不到的程度，加重了不确定的色彩。向恶棍帕克表示敬意的连作短篇集4也是同样的系列。作品3写的是，为了控制1972年的冲绳归还必须换取美元而积蓄的十亿现金，运送这笔钱的运钞车遭到了狙击，作者在这部作品的“为文库版而写的后记”中有一段自问：“为什么如此偏爱袭击运钞车和银行的故事呢？”在受到电影的影响后，他又说：“若论袭击运钞车和银行的故事，恶棍帕克系列是非常有名的，我反复重读了这个系列。奇怪的是，没有了作者的深思，就能很快地读完，作者是始终如一的纯粹小说作家，他那种决心坚定的写作，读起来真是令人愉快。”山田先生既然是这么一个人，他就不可能不喜爱韦斯特雷克名下的作品。

韦斯特雷克在当初发表成名作的时候，那种令硬汉神探小说的始祖哈梅特[②]相形见绌的无情，使得这个领域的人瞠目结舌，但在恶棍帕克成为博得好评的系列之后，就似乎把冷酷都倒掉了，把本名写成了“犯罪喜剧”。恶棍帕克初次登场的《猎人》（1962年），其日译本在1966年加入了早川口袋侦探小说书系，当时的书名是《恶棍

① “恶棍帕克”系列：1966年至2008年出版，总计24本。编者注

② Dashiell Hammett（1894-1961），美国小说作家，代表作 *The Maltese Falcon*（1930）。编者注

帕克/猎人》。故事讲的是超级冷血的神偷帕克，为了找出追杀自己而追到监狱里的对手，进而实施复仇，在被骗后又将失去的巨额现金夺了回来。帕克是强者，敢于只身一人挑衅犯罪组织，横刀以对比自身强大数倍的对手。我觉得《神狩》就是无意识地从这里接受了影响，也许这只是我的妄想吧。

在与神户身挟的对谈《今年也忙》(《奇想天外》1977年2月号)中，编辑部的开场白说："山田先生脑中'神'的问题占了很大的地方呢！"山田正纪回答说："不只是神。计算机也不错，我是想设定一个具有绝对权力的人。我们的时代是祥和的，有各种情报，所以绝对的恶是不存在了……简言之，（在现实中）人是无意义地死去。我觉得，在各种意义上，这都是令人无法忍受的。只要这样的人存在，人们就会说：'这家伙真坏，要是把这家伙打倒就好了！'就是要有这样的反派角色。"

如此说来，人对抗神、业余者对抗专业者的模式，也就没什么不妥了。看了上列犯罪小说目录，从采用这种模式的作品1、2，经过小恶棍企图犯大罪的作品3，作品4至6都是以专业人士为主人公。相对于理查德·斯塔克类型的作品3、4，可以说作品5和6仿效了同一作者的韦斯特雷克类型的层面。后二者属于北上次郎所谓的阳性武戏，但即便是作品6的怪盗七面鸟（"千钧一発"肯定是"千钧一发"的误用，但电影《来自俄罗斯的爱情》刚上映时是题为《007/千钧一発的危机》，所以这么写是为了向它致敬。山田先生所在意的好像不是被舆论评为最高杰作的《来自俄罗斯的爱情》，而是《金手指》），也不同于从前的小偷主人公多半偷盗自己想要的东西，而是接受委托，按时承担盗窃任务，以领取报酬，所以和作品 4 的刺客在本质上是相同的。七面鸟不喜欢暴力行为，和刺客贵志构成一个硬币的正反两面。作品 4 和作品 6 都是短篇系列，其设定是有可能继续写下去的，但山田先生却宣布只用一册就写完。在此前后，作者出版了最初的本格推理连续作品《食人时代》（1988 年 2 月），在它之前还出版了需要技巧的悬念长篇《镜子的杀意》（1987 年 9 月），从这里可以看出作者对侦探小说的兴趣，并且已经将重心从其中的冒险、犯罪小说转向了推理小说。

而不断的摸索就是从这里开始了。其中有个基本的立场：“……如果有像都筑（道夫）先生那样具有塑造大量系列人物的才能，我也会尝试一下，但我的情况恐怕是，创作了一个人物，就会只顾着这个人物，觉得没有一点空闲了，这样一来就没有效果啦。（笑）”（与石川乔司的对谈《SF 与想象力》，《奇想天外》1981 年 1 月号）这种立场，也许就是使他犹豫着要不要继续创作出系列著名侦探的缘故吧。

所以，目前刚刚完成的篇幅最长的这个五部曲《诱饵搜查官》北见志穗系列，且不论其每一册的趣味，以及整个连续作品的完美程度，单是在追寻山田作品之路的变迁时，它也是一个格外重要的屹立不倒的标志。

（新保博久 / 侦探小说评论家）

山田正纪侦探小说及其悬疑小说[1]
——镜之国的冬青卫矛

读了文春文库版《奇异之国的罪犯们》（1983 年）的后记（扶桑社文库版也重录了），得知山田正纪本人“并不是法国侦探小说太热心的读者，却喜欢塞巴斯提安·雅普瑞索这个作家”。这个雅普瑞索是以《灰姑娘的圈套》（1962 年）[2]而成名的，但是山田先生敬爱的都筑道夫却对《灰姑娘的圈套》给予了否定的评价，受都筑道夫的影响，山田先生最为推崇的作品，便是《新车中的女人》（1966 年）了，它和《主教凶杀案》与《Y 的悲剧》并列，构成了雅普瑞索侦探小说里最具有决定性的三册（论短篇，则有布劳恩神父系列，若论包含日本成分，则有《给虚无的供品》等作品，也能归入其中）。

《主教凶杀案》和《Y 的悲剧》，是海外古典本格侦探小说的经典作品，和它不同，《新车中的女人》一般而言是被视为悬疑小说的。但是，其创元推理文库版的第十六版（1999 年）所附的连城三纪彦的出色解说中指出，《新车中的女人》是“将《灰姑娘的圈套》加以变化写成本格侦探小说的新杰作”。山田正纪立足于连城三纪彦的这种论调，也将同一主题同时写成悬疑小说（变格推理）和本格推理，构思出了《坐翅膀的爱丽丝梦游仙境》（2006 年）和《悬念之路——爱

① 原载于朝日文库版《诱饵搜查官》第四卷末（2008）。

② *Piège pour Cendrillon*（1962），Sébastien Japrisot（1931-2003）。编者注

丽丝国之镜》这两部作品。遗憾的是，后者至今尚未刊行。若要对此做出合理的解释，依据后记来看，原因也许是在于这个二部曲的目标是："悬念惊悚小说在一个至福的瞬间，不知从何处飞向了本格侦探小说"，而这部作品，已经在某种程度上实现了这个目标，所以就失去了勉强写作二部曲的意愿。这样一来，这些作品，究竟应该归入本格推理，还是归入悬疑小说，就有些让人弄不明白了。但我们姑且将之归类于前者，照例开列一个山田正纪侦探小说的悬疑系统作品目录吧（20 世纪的西历年号省略了前两位数字）。

1 宿命之女，83 年 8 月，德间小说书系（德间书店）→德间文库

2 寂寞难耐的孤独，燥热的街，84 年 10 月，德间文库

3 镜子的杀意，87 年 9 月，双叶小说书系（双叶社）→双叶文库

4 赤矢之女（上·下），88 年 11 月，德间小说书系

5 美蝎，89 年 4 月，德间小说书系

6 第四个敌人，89 年 6 月，双叶社→双叶文库

7 吊钟的荒野，91 年 6 月，双叶社

8 虽然爱，兽，93 年 1 月，双叶社

9 冰雨，98 年 12 月，春木小说书系（角川春树事务所）→春木文库

10 精神罪概要，2003 年 12 月，光文社

11 俄罗斯轮盘赌，2005 年 2 月，集英社

12 坐翅膀的爱丽丝梦游仙境，2006 年 7 月，东京创元社

初期的冒险小说、犯罪小说逐渐减少，形成了悬疑小说和本格推理并行的时代从此开始的局面（通常被视为山田本格侦探小说启幕的《食人时代》的第一个故事《食人船》，发表于 1984 年 1 月），但我们不能草率地断定悬疑小说系统的第一部作品就是《宿命之女》。小说《天真 -After The Long Goodbye》（2004 年）与其说是押井守动漫的小说化，不如说是使用同一设定的独立作品，这本书里有作者和押井先生的对谈，其中说道："不好意思，隔了很久才能写硬汉小说。"硬汉小说有固定的人物设定：私人侦探之类的主人公，有什么心思都缄口不语（嘴硬不认输，但这并非必需的），仅以行动来让读者逐步了解其内心，逼近案件的真相，这样的小说却未见于山田作品之中，至少是在长篇作品中没有。

或许《宿命之女》和《第四个敌人》等作品，在作者的意识中就已经是硬汉小说了（后者是以卡夫卡未发表的长篇小说展开的，杂志连载时题为《宿命之城》，意图将之作为前者的姊妹篇）。不过，各部小说的讲述者即主人公的心理描写过多，我很难认同它们是硬汉小说。《宿命之女》描绘了一个希特勒的爱人，她是一个虚构的建筑师，由于她是纳粹的帮凶，人们把她从历史中抹杀了，故事中有一名退职的美术杂志记者追寻此女遗作下落的片段。

开始是打算写一部国际谋略小说，写着写着，发觉写成了完全不同的作品。（另起一行）此前也曾随意改变登场人

> 物，作品和最初意图不同的事例也并非没有过，但是像这部《宿命之女》一样，故事和预定的完全一样，作品却写得完全走样了，这种情况还是第一次遇见。（初版后记）

可是，他没有说明既然没有写成国际谋略小说，最后到底写成了什么类型的作品。《寂寞难耐的孤独，燥热的街》也是如此，它写的是一个变态杀手，有个倒霉的女性广播DJ和他接触，要赌一下能不能东山再起，还有一个以目击凶杀为契机而辍工的中层管理人员，三者各自不同的命运交错在一起。这个时期的山田侦探小说里，都有丢失了该写的焦点而信笔乱走的情况。其中能够看出明确方向性的作品是《镜子的杀意》。从书名开始就具有象征意义。如果说山田先生的初期冒险、犯罪小说的关键词是"竞技"的话，那么"镜子"不正是从中期到现在一直紧贴着的主题吗？这个《诱饵搜查官》系列第三卷中，也使用了镜子的计谋，镜子不仅是实现这种计谋的小道具，而且到了近作《坐翅膀的爱丽丝梦游仙境》当中，为了确认动不动就改变的主人公身份，需要一个贴身的道具，而镜子就起了这种作用。

> 不顾自己才能贫乏，自己也想写一写《灰姑娘的圈套》和《新车中的女人》，因为这两部作品里的重要主题，就是"身份的动摇"，而我想把它原封不动地用作自己的主题。（《坐翅膀的爱丽丝梦游仙境》后记）

碰巧在平成改元（1989年1月）以来，佳作渐多的山田侦探小说中，出了一部单纯得少见的康奈尔·伍里奇[①]类型的悬疑小说《冰雨》，它的主人公是倒闭的市镇小工厂的厂主，名叫弥岛，到处躲避债权人的追逐，是个“很少读书看报的”男人，忽然想起了“身份”这个词汇。他听说过，这个词汇的意思是证明自己就是自己。这是个神神秘秘兜圈子的说法，是他不可能喜欢的词汇，他曾反省到“现在的我不是这个身份的自己”。弥岛的情况倒是具有接近生存理由的意义，但认识中的这个自己究竟是否真是自己，这类疑惑也困扰着《精神罪概要》和《失控的Co-op》等作品中的登场人物，在《诱饵搜查官3听觉》（1996年）中，也困扰着北见志穗本人。这就产生了比被杀人狂杀死这种形而下的恐怖还要强烈的悬念。

追寻山田悬疑小说的变迁，起初他身披着此前那个冒险小说时代的余光，以写作国际谋略小说（政治小说）为志向，《宿命之女》《赤矢之女》《第四个敌人》《吊钟的荒野》应该就是属于这一类吧。但若非收在这个框架之内，它们作为类别小说面向读者的话未必会获得成功。倒是《寂寞难耐的孤独，燥热的街》《镜子的杀意》中萌芽的心理惊悚要素，经过了《虽然爱，兽》，或者不如说经过了《推理歌剧》（2001年）的完成和得到的好评，才结出了以“身份的动摇”为主题的近些年来悬疑小说的果实。而这部作品讲述的是主人公患上了

① Cornell Woolrich（1903–1968）美国著名小说家，代表作 *The Bride Wore Black*（1940）、*Rendezvous in Black*（1948）、*I Married a Dead Man*（1948）等。编者注

带来生命危险的大病并将之克服的故事。在这个过程中，如同《美蝎》所表现的一样，山田先生说："如今想来，就像恩田陆先生所写的那样，总之我就是想写一些舞台和登场人物有限的作品，但仍然是心有余而力不足呢。"（千街晶之《山田正纪特别访谈》，文艺春秋《住持积木歌》卷末附录，2002 年 8 月）。山田先生当然也有不属于任何一个系列的作品，然而千街先生对此指出："仅仅有计谋这个东西的话，说服读者有些困难。"用这个理由来质疑这些作品。而我则认为，山田先生小说中的全体人物似乎都没有完全贯彻其所担负的角色，这才是其最大的弱点。

他说："……其实在侦探小说里，要在悬念或惊悚方面获得成功，是不是存在一种难以达到的境界呢？"（《坐翅膀的爱丽丝梦游仙境》后记）他又警惕地说："马马虎虎心情放松地去写，那才很容易写成两小时的悬念电视剧呢。"（《冰雨》初版作者的话）之所以要写好广义上的悬疑小说，是因为"也存在只有在悬疑小说中才能讲的真实"，就和"也存在只有在侦探小说中才能讲的真实"（《推理歌剧》）一样。虽然山田作品半数没有文库化，但"没有文库化的作品是我不满意的呀"（《山田正纪特别访谈》）。不过，从结果来看，尽管作者也自觉到了有些失败之作，但他仍然以悬疑小说的笔法培养出了山田派的隐身法，它在人气最高的《诱饵搜查官》系列和本格推理系统的诸作品当中，应该都发挥了威力。山田先生还做出一副轻视两小时悬念电视剧的样子，但《诱饵搜查官》却被改编成了两小时电视剧的人气系列，这真是一种有趣的现象（电视剧对仅有五卷的原作大致进行模仿的产物，也包含了一些电视原作的故事，电视剧原创部分也很多）。山田先生的悬疑小说，跟《谋杀棋局》（1976年）和《推理歌剧》系列等人气作品相比，得到的评论是较少的，但《精神罪概要》和《俄罗斯轮盘赌》这样以实验的手法试写的作品，想必仍然会在山田小说版图中占有重要的一部分吧。

（新保博久 / 侦探小说评论家）

山田正纪侦探小说及其本格推理[①]
——不信名探者创作的名探

把作者名用罗马字拼成 YAMADA MASAKI，反过来读，就是 IKASAMADA，意思是“是假的”……开个这样的玩笑，也不算是失礼，因为写出虚构的故事，让读者在一瞬间认为它或许是真事，正是小说家的工作，所以不妨把他称为文学魔法师。

可是，剩下的 MAY 是什么意思呢？魔法不行？或者只有 YAM 不能倒着读，是“年轻成人侦探小说”的罗马字表记之略？山田正纪屡次不给自己的作品撰写图书预告，现在这一点反而成为其赢得声望的一个原因。但他最近按部就班出版的《雨恐龙》（2007 年，理论社）和《欧菲利亚物语》（2008 年，理论社），属于年轻成年人系列（不过，出版这个系列的商标名是“侦探小说 YA!”，既不是 MAY，也不是 YAM，真是伤脑筋）。

《雨恐龙》中的主人公人见，听到假装名探的同辈少年讲解杀人计谋，曾掩饰不住自己的不快之感：

> 你想要说明的事情，一点也没有把握。感觉好像只是模棱两可的事情。名探的推理就是这个样子的吗？模棱两可的

① 原载于朝日文库版《诱饵搜查官》（2008）第五卷末。

事情讲了一大堆，真正重要的情况根本没有触及……

同样的说法，早在山田先生最初的长篇本格侦探小说《黑天鹅》（1989年，讲谈社→春木文库及其他）中就能见到了，所以是根深蒂固的。

> 这是因为，你这个人是用泥脚踩进别人心里也满不在乎的那种人。你自己可能是想假装侦探，但谁也没有权利用泥脚踩进别人心里。虚构的名探揭露他人的秘密，因为那是虚构的世界里，所以才能被允许。

在这里，可以看出山田对名探强烈的不信任感。但在另一方面，山田先生却强烈地迷恋着明智小五郎、金田一耕助、布劳恩神父这些经典名探大展身手的侦探小说。山田先生在成为一名SF少年之前，先是成为了一名侦探小说少年，不论是从其成名作《神狩》（1975年，早川书房→早川文库及其他）算起，还是从其非SF小说《谋杀棋局》（1976年，祥传社→春木文库及其他）算起，其后有十年左右，他都未曾染指于本格侦探小说，也许就是为了跟这种矛盾的感情讲和而耽搁了时间。

其最初的尝试是《食人船》（《问题小说》1984年1月号），但他赖以培育自己侦探小说观的理论支柱都筑道夫，脱离初期的动作小说等作品，正式进入了本格推理领域（鼻涕虫长屋缉捕事件），其第一部作品叫作《食人舟》（收入《血污的砂绘》中时改名为《铠甲之渡》），和《食人船》这个书名惊人地酷似（不过都筑先生从那一年前就着手写本格推理了，作品为自称诗人的侦探吉利昂·斯雷系列）。山田先生其后也在继续写作冠名为“食人”的短篇小说，但以接受约稿而新写《黑天鹅》为契机，终于将最初的本格推理连作《食人时代》结集出版（1988 年，德间书店→春木文库及其他）。

当时的山田先生，把他从少年时代就喜爱的“老派侦探小说”，严格区别于长大后爱读的塞巴斯提安·雅普瑞索、柯林·德克斯特[①]（其中有名探莫斯探长登场，但山田先生基本上规定“老派侦探小说”的主人公是业余侦探）、露丝·伦德尔[②]等人的“现代侦探小说”，据说他是在企图把两者在自己的作品里融合起来时遇到了困难，遭受了挫折。于是他改变了主意，不去搞勉强的融合，“分别写作现代侦探小说和老派侦探小说就行了”（《食人时代》初版本后记）。他似乎打算以《黑天鹅》来代表现代侦探小说，以《食人时代》来代表老派侦探小说。结果，虽然《食人时代》最初的五篇遵循了古典侦探小说的理论，而卷末则是一个新写的中篇小说，把此前所破的案子推翻，显示出了一种趣向的萌芽。然而把线索连通到未来的《推理歌剧 宿命城杀人事件》（2001 年，早川书房→早川文库），则通过现代侦探小

① Colin Dexter（1930–），代表作 *Last Bus to Woodstock*（1975）、*Last Seen Wearing*（1976）、*The Way Through The Woods*（1992）。编者注

② Ruth Rendell（1930–），代表作 *From Doon With Death*（1964）、*A Judgement in Stone*（1977）、*The Babes in the Wood*（2002）。编者注

说的形式，重新构筑了昭和史。

> 我不是作为 SF 作家来写侦探小说，为了读者认为我既是 SF 作家，又是侦探小说作家，后来又不得不经过十年的认识，写出了《诱饵搜查官》系列的全五卷。（《食人时代》春木文库版后记，1999 年）

其间，山田先生得意之作《恍惚病栋》（1992 年，祥传社→春木文库及其他），仅仅因为涉及了老人问题，就被贴上了错误的标签“新社会派”。氛围很好的佳品《邮差二度死亡》（1995 年，德间书店），由于作者自己对自己作品的严格要求，没有文库化；还有独出心裁的花道侦探小说连续作品《花面祭化装舞会》（1995 年，中央公论社→讲坛社文库），几乎都没有成为话题之作。

《诱饵搜查官》系列在当年也没有即刻就产生轰动效果，而是以口碑相传的形式逐步赢得了广泛的支持。接着，从其翌年即 1997 年开始，在一年半左右的时间里，山田正纪连续推出在质和量两方面都很充实的长篇，令文学界惊愕不已。它们是单行本大作《妖鸟》（幻冬舍→幻冬舍文库），名探风水林太郎初次登场的《螺旋》（同前），神性侦探佐伯神一郎系列《神曲法庭》《穿靴子的犬神侦探·佐伯神一郎》（都是讲谈社→讲谈社文库），林太郎异母之妹火那子进行敏锐推理的《阿弥陀》《假面》（都是幻冬舍→幻冬舍文库）。后来《推理歌剧》同时获得了日本推理作家协会奖和本格侦探小说大奖，决定性地巩固了其侦探小说作家的地位。不用说，诱饵搜查官这个系列，在从冒险小说、犯罪小说、悬疑小说一路变迁而来的山田侦探小说当中，即使在数量上也取得了具有代表性的业绩。

但是，前述对名探的时爱时憎的感觉，似乎至今还使这位才子徘徊在反复探索的迷宫里。《食人时代》中活跃的呪师灵太郎，被称为“放浪侦探”，但灵太郎在后来的长篇《金鱼的光眼》（1990 年，德间书店→德间文库）中出场后，就只在推理短篇集《看不见的风景》（1994 年，出版艺术社）中新写的标题短篇里露过脸了，同时作者自己也开始“放浪”地起用各种各样的侦探角色了。1989 年 9 月，他同时推进两个系列，一个是无名旅客解谜的路上侦探系列，另一个是电影宅男根司卓间挑战与新作有关案件的电影侦探系列。在《看不见的风景》里，就集结了路上侦探三篇和电影侦探一篇。

此后，直到诱饵搜查官北见志穗为止，山田先生再也没有创造新的系列角色，但《螺旋》据说“本来不是那个风水林太郎出场的故事，但若是不让名探出场就收不了场，所以让那个名探出场了”（《山田正纪特别访谈》，文艺春秋《住持积木歌》附录，2002 年）。这似乎是无法把从昭和史跑过来的呪师灵太郎用作现代人物的结果。“我对风水林太郎这个侦探是留恋不舍的，打算今后用他做主角来写几部作品。”在旧作《海市蜃楼·13 的谋杀》（1990 年，光文社）的文库化（2002 年）之际，他让风水林太郎在序幕和尾声中登场，这就是林太郎系列的可是说是第零作的位置。而且，他还陈述过自己的抱负：“风水火那子写完之后，接着就要写风水林太郎的（短篇）系列了，打算这样交互写作。”（《风水火那子的冒险》后记，2003 年，光文社→光文社文库）但这个抱负并没有实现。

与其说他是见异思迁，还不如说，山田先生如此把自己束缚起来，是为了向下一作品前进时会有驱动力。但这个办法很难说是奏效了，山田派旅行侦探小说（不如说是山田派的恶搞）、《篠婆·骨街杀人》（2001 年，讲谈社）预定写成五部曲，又说要缩小为三部曲，结果连第二部都没出；《坐翅膀的爱丽丝梦游仙境》（2006 年，光文社）宣传时也说是二部曲，但结果还是只写了一只翅膀。这些都是尾声性的作品，一部就写完了，所以还算过得去，至于《创造士俎凄一郎·第一部·亡灵》（2007 年，讲谈社），则是扔下读者不管，就草草收场了。从副题来看，令人想到会不会有和呪师灵太郎、风水林太郎、佐伯神一郎以及《推理歌剧》的默忌一郎相关联的名探出场呢？结果呢，法务省直属预备刑警善知鸟恶鸟是侦探角色，俎凄一郎应该说是绫辻行人馆系列的建筑家中村青司那种城市设计者版的黑幕人物，在这个第一部里面根本没有露面。

将这些作为系列书发出预告，但成品几乎都是单单一册的作品罗列出来，并不是要责怪作者。我想强调的是，虽然这些都没有完成，未免有些缺憾，但毕竟值得一读。即便不能期待完结，这些书仍然有促使你把他们弄到手里的理由。这是因为，山田先生即使身为本格侦探小说作家，并不是个纯粹的计谋设计者，而是和写作其他类别作品的作家一样，是一个讲故事的人。说到计谋，他会说：“在当事者不知晓的时候取下指纹，是极为简单的事情呢……只要有一块透明胶带就够用了。”（《花面祭化装舞会》）还有：“从（监狱的）澡堂回到单人牢房后，马上把已经泡软的手掌使劲按在钥匙孔上，很容易地就得到钥匙的形状了。”（《推理歌剧 二·二六杀人事件》，2005 年，早川书房）

这些几乎没有可操作性的设计，其粗糙的程度令人不得不失笑。但是由于它们还不是主计谋，所以是可以挽救的。

山田先生不信名探的特质或许在这里起了作用。《推理歌剧 宿命城杀人事件》和《推理歌剧 二·二六杀人事件》中的图书馆检阅官默忌一郎也不像侦探，而更像旁观者，《天正年间麦克白》（2003 年，原书房）也是以《修道士莎士比亚的华丽冒险》为副标题，但来到日本的莎士比亚似的人物也是旁观者。实施侦探活动的人物中，风水火那子是最令人有好感的，但最为活跃的名探，比他们当中的任何人都要强，在《住持积木歌》中，真正侦破凡·戴恩主教凶杀案的那个人，不就是金田一耕助么？当然，由于横沟正史创作的原人物有很大的魅力，所以山田正纪没有捧出自己的原创人物，而是老老实实地捧出了前人已经创造出来的人物。他甚至说过：“基本上我不喜欢自己的作品。”（《山田正纪特别访谈》）

山田先生曾谦虚地说：“我这个人最差劲的是写作速度非常慢。

由于这个慢，每次写长篇的时候，就光想着下面想写的东西了。所以就成了两份作业同时进行，现在写的作品若是有趣倒还好，若是无趣的话，就光想着下一部作品了，所以现在的作品就成了失败之作。”（第十九届日本 SF 大会年轻作家小组讨论《面向 80 年代——谈我的小说写作法》，《奇想天外》1980 年 11 月号）。这一倾向，在三十年后的今天，似乎还是没有太多的变化。之所以有很多预告不能兑现，有很多系列中断，应该就是这个缘故吧。

到了现在，作者依然总是无法安居于接受好评的层面，应该是因为他依然醉心于探索创作上的新实验的缘故。《神曲法庭》《推理歌剧》等作品中，导入了 SF 的主题，但其目标似乎不是写作所谓的 SF 侦探小说，而是采用以阿西莫夫《钢穴》[1] 为代表的 SF 的设定，让读者体味阅读本格侦探小说的乐趣。山田正纪的小说，只能称为超越了类别小说的作品，把侦探小说和 SF 不均衡地一起端上餐桌，但味道却是不错的。总而言之，我觉得他眼下已然抵达本格侦探小说的领域了，但我认为这并非终点。稀世的文学魔法大师接下来会给我们亮出一手怎样的牌，我们还是有理由期待不已的。

（新保博久 / 侦探小说评论家）

① *The Caves of Steel*（1954），Issac Asimov（1920-1992）。编者注

附录：山田正纪作品年表

单行本

1975	神狩
	弥勒战争
1976	冰川民族
	化石之城
	攻击的旋律
	昆仑游击队
	谋杀棋局
1977	盗火神
	埋葬众神
	地球・精神分析记录
1979	蝴蝶我们的时间
	沙滩睡龙
	50 亿美元的遗产
1980	珠宝大盗 I
	死胡同

	阿佛洛狄忒
	通古斯特命队
1981	孔雀王
1982	三人之马（又名：虚荣的都市）
	风中七人
	最后的敌人
1983	背叛的果实
	宿命之女
1984	地狱太守 1–4
	神兽圣战 I 幻想的诞生
	神兽圣战 II 时空监狱
	寂寞难耐的孤独，燥热的街
	杀人契约 杀手·贵志
1985	机械兽 Vu~aibu
	不面对人的神（上·下）
	魔境密命队
1986	幻象机器
	魔术师
	暗黑的序章 机枪神龙（永井豪共著）
	神兽圣战 III 鲸梦！鲸梦！
	魔空的迷宫

	谋杀的子弹特快
1987	超级康先生系列
	破坏军团
	超人军团
	幽灵军团
	镜子的杀意
	天使回声
1988	食人时代
	天动说
	24 小时之男 盗取一千亿
	科学怪人延历十三年
	七面鸟千钧一发的危机
	赤矢之女（上·下）东京·能登篇 / 莫斯科·列宁格勒篇
1989	黑天鹅
	美蝎
	第四个敌人
	谋杀之翼 747
	螺旋之月 珠宝大盗 II（上·下）
	时空大马戏
1990	点唱机
	血夜盛宴

	海市蜃楼・13 的谋杀	
	宇宙狗猎犬号的冒险	
	金鱼的光眼	
	机神兵团 全 10 册	
1991	假面战记 1–3	
	杂耍	
	吊钟的荒野	
1992	影之舰队 1–7	
	恍惚病栋	
1993	虽然爱，兽	
	装甲战士 1	
	电脑少女	
1994	装甲战士 2 战舰夺还命令 OZ	
	天保机关船	
	阿达	
1995	妖虫战线 1–4	
	邮差二度死亡	
	花面祭化装舞会	
1996	诱饵搜查官（又名：女囮搜查官）1–5	*
	诱饵搜查官 1 触觉・东京电车杀人魔	*
	诱饵搜查官 2 视觉・消失的摄影师	*

	诱饵搜查官 3 听觉·双胞胎异案录	*
	诱饵搜查官 4 嗅觉·由佳娃娃的诅咒	*
	诱饵搜查官 5 味觉·撒旦之血	*
	死去的士兵·直播	
1997	妖鸟（哈比）	
	螺旋	
	阿弥陀（拼图）	
1998	神曲法庭	
	穿靴子的犬神侦探·佐伯神一郎	
	卡门	
	冰雨	
2000	樱 六方面丧失课	
	护士	
	螺旋	
2001	篠婆 骨街杀人	
	周日大鼠杀	
	推理歌剧·宿命城杀人事件	
2002	SUBWAY	
	住持积木歌	
2003	天正年间麦克白·修道士莎士比亚的华丽探险	
	精神罪概要	

2004	天真 –After The Long Goodbye
2005	推理歌剧 二·二六杀人事件
	俄罗斯轮盘赌
	未来兽
	神狩 2 开膛手
2006	早春赋
	坐翅膀的爱丽丝梦游仙境
	失控的 Co-op
2007	雨恐龙
	创造士俎凄一郎·第一部·亡灵
	白的协奏曲
	读书会（恩田陆共著）
2008	神兽圣战 Perfect Edition（上·下）
2009	神君幻法帖
	张灯结彩的你，无情的川流
	归舟
2010	人间竞马 恶魔的赌博
2012	推理歌剧 最终篇 神秘的世界
	二人，幸村
2013	我们的复活
2014	邪神少女战队 1–2

2015　　樱花忍法帖（上・下）

短篇集

1977　　终末曲面

赎罪的行星、熏烟肉中的铁、黑暗集会、银子弹、热风、无情的川流、终末曲面

1978　　剥制之岛

亚马逊・游戏、闪光、赌博者、湘南战争、非法捕鱼者们、平安夜的化石、玛丽西莱斯特2、剥制之岛

1979　　赝作游戏

赝作游戏、在苏伊士死去、航空港81、最后1

1980　　乔安尼斯之剑

乔安尼斯之剑、麦克阿瑟射箭男、雪中二人、伊豆的俘虏、黑暗来客、不合时宜、支气管、野马、为什么要逃离软木的房间、友好的城市

超级博物志

今井被等离子化了、碰撞月球、飞机弹射器撕裂者、切洛、旋律空间、死神卡拉贝

奇异之国的罪犯们

攻击、绑架、赌博、逆转

1981 地球军独立战斗队

地球军独立战斗队、信使之爱、睡美人（Sleeping Beauty）、西部战线、炉火、雾之国

吉原萤珠天神

怪、莫加辣、吉原萤珠天神

1982 少女和武者玩偶

朋友们在哪里、回转门、有猫的风景、中枪男、加德满都狂想曲、遇难、不哭的孩子、壁之音、酒店的淋浴、最后一次通话

1983 魔镜物语

幻之门、亚马逊怪物

1984 不可思议之岛

木星上的红海、自杀内阁、恋爱幻象、垂乳女、殇女、别墅之犬、火星战士、拉面狂、鱼的研究、狐丘商品房、狙击 PLUS1、我的影子

1986 物体 X

物体 X、黑暗大陆、隐形人

1989 尽管如此，名中也没有噩梦

前夜、第一夜 瓜、第二夜 遗忘伞、第三夜 欢迎

来到妖老院、第四夜 狗穴、第五夜 冷冻睡眠的噩梦、第六夜 脸、第七夜 管理人、第八夜 露天温泉、第九夜 替补选手打出了全垒打吗、第十夜 上门出售、第十一夜 宣传出售、第十二夜 函购、第十三夜

1991 五个目标

电车游戏、午夜台球、十四公里死亡线、裂开的海、发烧

一步十几远

关于身份不明、甜蜜的生活、在梦中相会吧、自行车窃贼、看见地狱表的男人、教育的问题、塑料棚、流放船、龙侍、在无人知道的机场、系统故障

1993 进入梦境

指向十三点的钟表、回忆酒馆、暗夜、听见悲鸣、织女和牵牛、猫·信、天生的敌人、另一枚硬币、狼来了、应季美味、牵狗叔叔、日历·女孩

1994 希律王之夜

希律王之夜、犹大之海、梦的试炼、浮游生物·癌症、被诅咒之翼

看不见的风景

新建一年改建三回、挟持者蝙蝠侠、二十六号前夜、看不见的风景、恨之极

京都蜂供养

鲨鱼祭礼、我讨厌猫、复活节岛石像、没有鸟的鸟笼、京都蜂供养、滚落、牺牲的天空、兽群、四面八方

2002 涩谷一夜物语

序幕（Prelude）、戒指、会计科殉情、家庭剧、蓝的骨、环状死号线、魔王、何处是明天、在我刚出道的时候、暴走天使、逆流尸、尸蜡、蚕蛹、十月歌、理发厅、渴狗街

2003 风水火那子的冒险

夏令时、面条与汤与谋杀、集线器、远东玛丽

2007 别叫我猫

消失的新娘、孝顺是有原因的、猫和女人的会议、津轻海峡、冬天景色、伴奏、无情女人、窗外之窗、恋爱筑前煮、无框女、自杀酒店、恋爱的便利店薯片、还有什么想要的吗、长耳朵的鲜花墙

2008 欧菲利亚物语

人偶的夏天、没有脸的人偶之谜、掉落的人偶之谜、消失的玩偶之谜、言语百科辞典

馔

创美工厂出品

出 品 人：许 永
责任编辑：许宗华
特约编辑：梁 真 林园林 渠 诚
封面插图：高云鹤
装帧设计：梁 真
责任印制：梁建国 潘雪玲
发行总监：田峰峥

投稿信箱：cmsdbj@163.com
发 行：北京创美汇品图书有限公司
发行热线：010-53017391 59799930

创美工厂
微信公众号

创美工厂
官方微博